Prolog
Erste Sturmnacht

Er stürzte ins Freie.

Nein, er floh vor der Angst und dem Schmerz mitten hinein ins Brüllen des Sturms. Die zornige Kraft des Unwetters prallte in einem Gemisch aus Regenwasser und Wind gegen ihn und ließ ihn zurücktaumeln.

Ein verzweifelter Schrei wurde ihm von den Lippen gerissen, als er ins Dunkel torkelte und sich mit den letzten Reserven, die sein geschundener Leib aufzubringen in der Lage war, vorwärts kämpfte. Stimmen erklangen hinter ihm. Er verstand nicht, was sie sagten, aber sie schrien, so viel war sicher, ansonsten hätte er sie nicht gehört.

Weg, nur weg hier, peitschte es in ihm.

Schwerfällig stürzte er weiter, stolperte mehr, als dass er lief. Das Herz pochte wie wild, schien den Brustkorb zu zersprengen. Der Atem quälte sich würgend hervor und rasselte dermaßen, dass er ihn sogar trotz des Windes vernahm. Im selben Moment krallte sich eine Woge aus Schmerz in die linke Hälfte des Oberkörpers und verwandelte jede Bewegung zu einer nicht enden wollenden Tortur.

Weg, nur weg, lauf ...

Das Schreien in seinem Geist wurde zu einem Mantra, das ihn aufrecht hielt. Der Ort, an dem alles so furchtbar schiefgelaufen war, blieb hinter ihm zurück.

Weg, nur weg von hier ...

Neue Kraft erwachte in ihm. Das Brennen im Rumpf wandelte sich in ein heißes Pochen, das Laufen fiel ihm leichter, obwohl seine Füße wie Blei an ihm hingen.

Er merkte, wie der Weg steil in die Höhe führte.

Der Deich, erkannte er mit jenem winzigen Rest Logik, der ihm geblieben war, *hoch da, nur dann habe ich eine Chance.* Er ließ sich mit den Armen nach vorne fallen und kämpfte sich auf Händen und Füßen vorwärts.

Der Untergrund war matschig und nachgiebig. Die Finger griffen automatisch zu, zerrten an Grasbüscheln und zogen ihn weiter. Mühsam und quälend langsam kam er voran. Immer wieder stieß er kurze, abgehackte Laute aus. Er spuckte bittere Galle, als die Schmerzen erneut aufflammten und beinahe jede seiner Bewegungen lähmten.

Mein Gott, wie oft denn noch, blitzte es im Chaos der Gedanken auf, *wie oft rutsche ich noch ab? Wie weit muss ich noch klettern? Wann ist es genug?*

Es war, als hätte der Himmel ihn erhört. Er ertastete flachen Grund vor sich. Die Finger glitten durch nasses Gras, und der Wind fuhr ihm ungebremst ins fiebrige Gesicht.

Er war angelangt, hatte die Krone des Deichs erreicht. Wenn er sich jetzt nach links wandte, dann …

Aus der Dunkelheit, die sich wie eine undurchdringliche Decke über das Land gelegt hatte, schoss ein Schatten auf ihn zu. Der Flüchtende riss den Mund auf, doch statt eines Schreis drang nur rasselnder Atem daraus hervor. Ein harter Körper prallte gegen ihn und stieß ihn endgültig von den Beinen. Hände verkrallten sich in seine Schulter und die Kehle. Er bekam keine Luft mehr. Ein Knie bohrte sich ihm in die Seite und die Pein trieb ihn fast in eine tiefe Bewusstlosigkeit.

Obwohl er leer war, völlig am Ende, riss er den rechten Arm hoch, ballte dabei die Faust und vollbrachte das Wunder zuzuschlagen.

Er traf den Kopf des Schattens. Vielleicht am Kinn, vielleicht an der Schläfe. Unmöglich zu sagen. Ein weiteres Wunder geschah. Die kräftigen Hände lösten sich von ihm, rutschten ab, und ein erstickter Schmerzschrei zitterte durch das Sturmgetöse.

Er stemmte sich auf die Beine, die unter der Last seines Körpers nachzugeben drohten.

Nein, nur weg von hier, hämmerte es in ihm. Die innere Stimme war wieder da. Sie trieb ihn voran.

Er presste die linke Hand gegen die Rippen. Er war sich sicher, dass die Feuchtigkeit, die er ertastete, nicht nur vom Regen stammte. Die Wunde pochte und brannte und zog die für die Flucht notwendige Kraft aus den Gliedern.

Nein, so nicht, ich gebe nicht auf, ich ...

Der gedankliche Satz wurde abrupt unterbrochen.

Er blieb wie angewurzelt stehen, als sich etwas in seinen Körper bohrte. Ein noch viel intensiverer Schmerz jagte ihm durch den Leib.

»Oh Gott …«, hauchte er, und die Worte verwehten ungehört.

Er stürzte, fiel, rutschte in die Tiefe, wusste nicht mehr, wo oben, wo unten war …

Alles ohne Belang. Egal.

Eisig kaltes Wasser beendete seinen Sturz, umschloss ihn jäh und riss ihn davon. Das Meer nahm ihn als Opfer an, wirbelte ihn umher und tauchte ihn unter.

Hinein in einen endlosen Abgrund … hinein ins absolute Nichts …

1. Kapitel

Als Axel Groot ins Freie trat, dämmerte der Morgen.

Die feuchte Kühle der zurückliegenden Sturmnacht lag in der Luft. Er atmete tief durch, während er gemächlich die mit Kies bedeckte Zufahrt entlangschritt, die leicht gewunden vom Hof zur Straße führte.

Beim Anblick der Sonne, die sich orangerot über den Horizont schob, verflogen alle Zweifel, die an ihm genagt hatten. Es war richtig gewesen, nach Hagermarsch zurückzukehren. Er hatte die Großstadt verlassen. Somit lagen der Stress, den sein alter Job ihm viele Jahre auferlegt hatte, und die verunglückte Ehe mit Manuela weit hinter ihm. In Hagermarsch wurde die erste Seite im neuen Kapitel seines Lebens aufgeschlagen. In dieser abgeschiedenen ostfriesischen Enklave. An dem Ort, an dem er aufgewachsen war.

Er gelangte an das Ende der Zufahrt.

Zuerst stand ausgiebiges Stretching auf dem morgendlichen Plan. Wer regelmäßig joggte, kam darum nicht herum.

Als er spürte, dass er die notwendige Betriebstemperatur für einen Zehn-Kilometer-Lauf erreicht hatte, trabte er in nördliche Richtung davon. Es dauerte nicht lange, bis er sein Tempo fand. Laufexperten nannten es mittlere Geschwindigkeit.

Axel ließ die Szene dieses von Wind und Frische erfüllten Morgens auf sich einwirken. Rechts von ihm stieg die Sonne weiter über den Horizont. Ihre Strahlen, die sich hinter schnell dahineilenden Wolkenfetzen ausbreiteten, wechselten in einen sanften Goldton.

Es herrschte jene angenehme Dämmerung, die er in den frühen Stunden eines Tages zu schätzen gelernt hatte. Vereinzelt erwuchsen erste Schatten aus den Stämmen und Kronen der Bäume, die den Fußgänger- und Fahrradweg flankierten.

Heute würde er von seinem angestammten Weg abweichen und bei der Kreuzung, die vor ihm in Sicht kam, weder rechts noch links abbiegen. Nein, der Weg führte ihn, im Gegensatz zu den vergangenen Tagen, geradeaus in Richtung Hilgenriedersiel, von wo aus man zum alten Westerdeich gelangte. Dort hatte man einen atemberaubenden Blick auf die Weite der Nordsee.

Schweiß bahnte sich seinen Weg durch die Poren, die Muskeln hatten ihre Kurzzeitspeicher geleert und die erste größere Anstrengung breitete sich wie ein prickelndes Brennen im ganzen Körper aus. Das Blut rauschte hinter den Ohren und ein angenehmer Schwindel erfüllte ihn. Es war ein Gefühl, das jeder kannte und liebte, der regelmäßig die Laufschuhe anzog.

Als Axel die Kreuzung passiert hatte, wandelte sich der Untergrund. Der Asphalt wich durchgefeuchtetem und von Pfützen durchzogenem Sandbelag. Sein Atem floss gleichmäßig ein und aus. Vier Schritte zum Füllen der Lungen, vier Schritte, um sie zu leeren. Die Zeiten, in denen er sich zu viel zugemutet hatte, lagen lange hinter ihm und Seitenstechen war nur eine verblassende Erinnerung.

Für Axel galt von jeher das Gebot, sich fit zu halten. Die Arbeit beim Landeskriminalamt hatte ihm über die Jahre eine Menge abverlangt. Sowohl physisch als psychisch. So war es kein Wunder, dass er, im Gegensatz zu anderen Enddreißigern, nie Fett angesetzt hatte. Die unrühmliche Ehe mit Manuela hatte ihr Übriges dazu beigetragen.

Axel knurrte unwillig. Genau das waren Gedanken, mit denen er sich beim Joggen nicht belasten wollte. Hannover, das LKA und die Ex … das alles lag hinter ihm. Hagermarsch dagegen, das Polizeipräsidium in Norden mit der kleinen überschaubaren Kripo-Abteilung, die er ab morgen leiten würde, war die Zukunft.

Natürlich blendete er die Vergangenheit nicht komplett aus. Wie sollte so etwas möglich sein? Seine Eltern, die ihm den Resthof hinterlassen hatten, gehörten dazu. Und es kam für ihn nicht infrage, nicht mehr an sie zu denken.

Abermals verdrängte Axel die trüben Gedanken, rettete sich ins Hier und Jetzt und war überrascht, dass der Westmeßmer Polderschloot – eine schmale Querstraße, die dem Hilgenriedersiel folgte – bereits hinter ihm lag und er sich der Erhebung des Deichs näherte. Er war schneller unterwegs als in den letzten Tagen. Am Ende des Weges bog er in östliche Richtung ab und lief parallel zum Damm.

Inzwischen ergoss die Sonne ihr schimmerndes Herbstlicht über die Felder und Weiden, die rechts von ihm lagen. Das Blau des Himmels drang immer kräftiger hinter und zwischen den Wolken hervor.

Axel spürte, dass die Macht des Sturms nachwirkte. Der Wettermann im Radio hatte erklärt, dass das Tief nicht abgezogen war. Es war heute und an den nächsten Tagen mit weiteren Unwettern zu rechnen. In diesem Moment jedoch wirkte der Tag freundlich und golden. Ein Tag, den er in vollen Zügen genießen würde, ehe ihn morgen die Pflichten in seinem neuen Job erwarteten. Trotz der Anstrengung lächelte Axel. Der Gedanke hatte etwas Tröstliches.

Das Lächeln verging im Lärm eines Automotors. Ein Dröhnen riss ihn in die Realität zurück, doch damit nicht genug. Eiskaltes Wasser spritzte seitlich an ihm hoch und durchnässte ihn bis auf die Haut …

2. Kapitel

Hilka Martens fiel die Decke auf den Kopf. Ihre Gedanken hatten sich in der letzten Nacht – ebenso wie in denen davor – immer und immer wieder an einer Tatsache festgekrallt und so verhindert, dass sie Schlaf fand.

Ab morgen würde sie an einem der abgelegensten und unbedeutendsten Orte der Welt Dienst tun.

Hilka hatte sich aus dem Bett geschwungen. Es hatte keinen Sinn, liegen zu bleiben. Was blieb ihr anderes, als zunächst ungeduldig durch die Wohnung zu marschieren und sich über ihre gegenwärtige Situation den Kopf zu zerbrechen?

Vor einem Monat hatte sie eine Karriere gehabt. Eine wirkliche Karriere.

Als junge Kommissarin hatte sie sich in Hamburg einen guten Ruf erworben. In einer Weltstadt wohlgemerkt, in der weder das Leben noch das Verbrechen jemals schlief.

Mit ihrer Reputation hatte sie sowohl ihren Vater, den Polizeioberrat, als auch ihre Großmutter väterlicherseits, die Polizeihauptkommissarin, als auch ihren Großvater mütterlicherseits, den Polizeidirektor a. D., schwer beeindruckt.

Und dann? Alles war den Bach runtergegangen.

Sie hatte nichts anderes als ihren Job getan. Dabei war sie Leuten auf die Füße getreten, denen man besser aus dem Weg ging.

Sie hatte einen miesen Typen wegen Drogenhandels überführt. Wie sich später herausstellte, war das Ekelpaket der Neffe eines hochrangigen Mitarbeiters der Staatsanwaltschaft. Und dieser verfügte über zahlreiche Verbindungen in höchste Kreise.

Die ganze Affäre war letztlich zu einem guten Ende gekommen. Natürlich nicht für den Dealer, denn der wurde zu einer langen Gefängnisstrafe verurteilt.

Angesichts des Staubs, der aufgewühlt worden war, hatte der »Martens-Familienrat« es für ratsamer gehalten, Hilka »aus der politischen Schusslinie« zu bringen. Eine Versetzung war ins Gespräch gekommen. Ihre Vorgesetzten hatten dem zugestimmt und sie selber hatte zähneknirschend eingesehen, dass es klüger war, sich bedeckt zu halten.

Doch wohin sollte die Reise gehen?

Die entscheidende Empfehlung kam von ihrer Großmutter.

»Ostfriesland«, hatte Polizeihauptkommissarin Eleonore Martens vorgeschlagen. »Polizeipräsidium Norden. Da wurde gerade eine Kommissarstelle frei.«

»Fantastisch«, lautete die Antwort ihres Vaters, in dessen Büro das Treffen stattgefunden hatte. Er hatte mit der Hand auf die Arbeitsfläche seines Schreibtischs geschlagen. »Weit weg vom emsigen Treiben der Großstadt und dem Einfluss eines – eventuell – zornigen Staatsanwalts.«

Und so war es beschlossen worden.

Die nächsten Wochen vergingen zwar schnell, waren aber schrecklich gewesen. Ein wahrer Albtraum. Angefangen bei den Gesprächen mit ihren Vorgesetzten und Kollegen, bis hin zum Umzug in eine winzige, wenn auch hübsche Wohnung in Norden.

Oder besser gesagt: an den Arsch der Welt.

Die Tage seit ihrer Ankunft waren in eintöniger Routine vergangen. Kartons auspacken, Schränke einräumen und Behördengänge. War es da verwunderlich, dass ihr in den letzten zwei Wochen gelegentlich die Decke auf den Kopf gefallen war?

Nein, ganz bestimmt nicht, befand Hilka, als sie im Dämmerlicht des frühen Morgens ihr Golf Cabriolet enterte. Sie brauchte Ablenkung. Lediglich die ausgiebigen Ausfahrten über das weite Land hatten ihr etwas Freude gebracht.

Sie lächelte schmal, als sie vom Parkplatz in nördliche Richtung abbog und schon bald die parallel zum Deich verlaufende Straße erreichte. Der frische Fahrtwind zupfte an ihren Haarspitzen und brachte ihre Wangen zum Kribbeln.

Es hatte sie fertiggemacht, ausgerechnet in diese Abgeschiedenheit versetzt zu werden. Egal ob es gute Gründe gab oder nicht. Trotzdem war nicht alles schlecht. Im Gegenteil. Die Landschaft war der Hammer. Die Weite, das Meer und die frische Luft begeisterten sie.

Allerdings nagte es an ihr, dass sie sich versteckt hielt. Sicher, wenn man es darauf anlegte, führten genügend Spuren zu ihr. Es würde für jemanden aus dem Umfeld des betreffenden Staatsanwalts kaum Probleme bereiten, sie ausfindig zu machen.

»Es ist keine Lösung auf Dauer«, murmelte sie. Die erste Euphorie nach dem Aufbruch in die Morgendämmerung schwand mit zunehmender Helligkeit. Sie kniff die Augen zusammen, weil das Licht der tief stehenden Sonne sie blendete. »Es ist keine Lösung auf …«

Eine Bewegung am Straßenrand unterbrach ihren Satz und ließ sie zusammenschrecken. Blitzschnell zog Hilka das Steuer um eine Kleinigkeit nach rechts. Sie jagte an dem einsamen Läufer vorbei. Ein Rauschen drang an ihre Ohren.

Verdammt, eine Pfütze.

Unbewusst hatte sie den Fuß auf das Bremspedal gestemmt und brachte ihren Wagen zum Stehen. Im Rückspiegel war der Mann zu sehen. Sein Jogginganzug war auf der rechten Seite dunkler als links. Er war vom Bein bis zur Schulter durchnässt. Der Gesichtsausdruck verdüsterte sich zusehends.

»Na, das kann ja was werden«, flüsterte Hilka gottergeben und stieß die Fahrertür auf.

3. Kapitel

»Sind Sie als Kind mit dem Klammerbeutel gepudert worden?«, zischte Axel. »Das war haarscharf, Sie hätten mich beinahe gestreift.«

Es kostete ihn alle Beherrschung, nicht lauter zu werden. Ihm war, als dröhne seine Stimme bis nach Aurich. Wenn nicht sogar weiter, so geladen war er.

Er griff auf einen alten Trick zurück und wandte sich für ein paar Sekunden ab. Innerlich zählte er von zehn runter und starrte zum Deich hinauf.

Auf dessen Krone erschien ein Mann, der die frühe Morgenstunde nutzte, um seinen Hund spazieren zu führen. Der Fremde kümmerte sich nicht um sie und verschwand aus Axels Blick.

»Nun bleiben Sie mal auf dem Teppich«, erklang die Stimme der rücksichtslosen Autofahrerin. Sein Puls, der sich eben beruhigt hatte, schnellte jäh in die Höhe.

»Es ist ja nicht so, als wären Sie verletzt worden«, fuhr sie fort. »Außerdem habe ich mich bereits bei Ihnen entschuldigt. Es tut mir wirklich leid und ich versichere Ihnen …«

»Was?«, fuhr er sie an. Sofort flammte der Ärger wieder auf. »Was wollen Sie mir versichern? Dass Sie in Zukunft vorsichtiger fahren? Dass Sie mehr Rücksicht auf andere Verkehrsteilnehmer nehmen werden?«

Axel fühlte sich versucht, der Cabrio-Fahrerin Angst einzujagen. Liebend gern hätte er ihr den Dienstausweis unter die Nase gehalten, aber leider hatte er ihn auf dem Küchentisch liegen lassen. Somit fiel das flach.

Vielleicht auch besser, dachte er. Seinen Vorgesetzten hätte das womöglich nicht gefallen.

»Lassen Sie mich doch einfach ausreden«, blaffte die junge Frau, »dann erfahren Sie schon, was ich meine.« Die blauen Augen unter der strubbeligen Kurzhaarfrisur blitzten auf. Sie war es gewohnt, sich durchzusetzen.

»Das war keine leere Floskel. Es tut mir wirklich leid«, fügte sie hinzu.

»Ha, ha …«, erwiderte Axel gedehnt. Er ließ es sich nicht nehmen, klarzustellen, dass er ihr eben das nicht abnahm.

»Hören Sie auf, so herablassend zu sein. Sie kennen mich doch überhaupt nicht.«

Er winkte ab. »Ich habe Menschen wie Sie schon unzählige Male getroffen. Dahingehend kann ich meiner Erfahrung vertrauen.«

»Ach wirklich? Sind Sie Hellseher?«

Aus der abschätzigen Art, mit der die Frau ihm begegnete, wurde offener Hohn. Axel war der Meinung, ein verständnisvoller Mensch zu sein, der auch mal fünfe gerade sein ließ. Aber er hasste es, nicht ernstgenommen zu werden. Da war er empfindlich.

»Jetzt passen Sie mal gut auf«, knurrte er leise. So klang er normalerweise nur, wenn er bei Verhören jemanden in den verbalen Schwitzkasten nahm. Bei nicht dienstlichen Angelegenheiten verzichtete er darauf, doch heute war er zu einer Ausnahme bereit.

Worauf die freche Golffahrerin aufpassen sollte, blieb Axel ihr schuldig, denn in diesem Moment glitt ihr Blick zum Deich hinauf.

Etwas stimmte nicht. Der Hohn in den Augen wandelte sich in einen alarmierten Ausdruck. Das kam ihm bekannt vor. Im Einsatz mit Kollegen war er oft damit konfrontiert worden.

Unbewusst wandte er sich um und hob ebenfalls den Blick. Er sah den Gassigänger mit seinem Golden Retriever. Beide waren nicht mehr entspannt unterwegs. Sie rannten, als sei der Teufel hinter ihnen her.

Erst jetzt vernahm Axel kurze, abgehackte Schreie. Die Arme des Mannes wirbelten aufgeregt durch die Luft.

»Da stimmt was nicht.«

»Hervorragend kombiniert«, erwiderte die junge Frau. Sie sprintete los und jagte mit kraftvollen Sätzen den Deich empor.

Axel stand für ein, zwei Sekunden wie erstarrt, bevor es für ihn ebenfalls kein Halten mehr gab. Natürlich erreichte die Golffahrerin den Hundebesitzer zuerst.

»Was ist? Haben Sie sich verletzt?«, fragte sie.

Sie scheint ja doch nicht so oberflächlich zu sein, sonst wäre sie nicht so schnell vorgeprescht.

Der Mann starrte nur stumm vor sich hin. Sein Gesicht war aschfahl und glänzte vor Schweiß. Die Lippen bebten und die Augen blinzelten unablässig.

Er hatte sich nicht nur erschreckt. Etwas war ihm durch Mark und Bein gefahren.

»Was ist? Was haben Sie?«, mischte Axel sich ein. Den kurzen, ärgerlichen Blick der Frau ignorierte er. Als Polizist war er für eine solche Situation besser ausgebildet als eine dahergelaufene oder -gefahrene Zivilistin.

Der Hundebesitzer atmete aufgeregt. Der Hund kauerte neben ihm und hielt die Rute zwischen den Hinterläufen eingezogen. Der Mann zitterte wie Espenlaub und deutete dann über seine rechte Schulter auf die flache Ebene, die sich jenseits des Deichs bis zur Nordsee hin erstreckte.

»Schrecklich, es ist schrecklich, schrecklich …«, plapperte er.

»Was denn? Was ist schrecklich?«, fragte die Golffahrerin.

Der Mann starrte entgeistert an ihr vorbei, schien das, was er gesehen hatte, nicht loszuwerden und wiederholte immer wieder, wie schrecklich es doch sei.

KLATSCH! Die flache Hand der Frau traf die Wange des Hundebesitzers. Der Schlag schleuderte den Kopf zur Seite und das fahrige Glimmen in seinen Augen erlosch. Sein Blick klärte sich.

»Was ist los? Reden Sie.«

Axel war ebenso überrascht wie beeindruckt. Er hätte ebenfalls zu diesem Mittel gegriffen. Sowohl die Ohrfeige als auch die hart ausgestoßenen Worte wirkten. Der Mann sammelte sich.

»Dahinten …«, keuchte er. Abermals deutete er hinter sich. »Dahinten liegt eine Leiche.«

4. Kapitel

Hilkas Blick glitt an dem Mann vorbei. Zunächst sah sie nur jene Grün- und Brauntöne, die für die Küstenlandschaft so typisch waren.

Das Wasser der Nordsee war in der vergangenen Nacht weit über die normale Küstenlinie hinaus bis zum Fuß des Deichs angestiegen. Seegras, Holz und Müll bildeten eine ausgedehnte Linie auf dem nassen Gras.

Und ja, da lag ein menschlicher Körper.

Hilka hätte sich am liebsten in den Hintern gebissen. Ebendieser Körper war ihr nicht aufgefallen. *Toll, sehr gute Beobachtungsgabe, Frau Kommissarin*, tadelte sie sich.

In ihrem Kopf überschlugen sich die Gedanken. Der Ärger verflog fast ebenso schnell, wie er aufgekommen war.

»Sie bleiben hier«, mahnte sie den Hundebesitzer. Sie wandte sich dem joggenden Meckerpott zu, um ihn zu bitten, sich um den schlotternden Mann zu kümmern. Doch der Kerl trabte lässig den Deich hinab in Richtung des Körpers.

»Hey«, rief sie ihm nach, aber er hörte sie nicht … oder weigerte sich, darauf zu reagieren.

»Verdammt«, fluchte sie. Hilka wandte sich an den Hundebesitzer. »Da unten steht mein Wagen. Setzen Sie sich rein und warten Sie.«

Sie folgte dem Jogger eilig. *Was bildet der sich ein? Rennt einfach los, als ...*

Für einen Herzschlag kam ihr in den Sinn, dass es sich bei dem Gefundenen womöglich gar nicht um eine Leiche handelte. Sie rannte schneller, vielleicht war Erste Hilfe erforderlich.

Sie konnte den hochgewachsenen Jogger natürlich nicht einholen. Er ließ sich soeben mit einer geschmeidigen Bewegung in die Hocke nieder und griff nach dem Handgelenk des Reglosen. Hilka verlangsamte. An seiner Stelle wäre ihr auch nichts anderes geblieben, als den Puls zu kontrollieren.

Sie nutzte die Gelegenheit, um den am Boden Liegenden genauer zu betrachten. Es war ein Mann, etwa eins fünfundsechzig bis eins siebzig groß, graues, schütteres Haar, bekleidet mit einem Parka und einer braunen Cordhose. Er lag auf dem Bauch, leicht verdreht, sodass der linke Arm unter dem Körper verborgen war. Ein Schuh fehlte.

Hilka runzelte die Stirn. Da war etwas im Gesicht, das …

»Da ist nichts mehr zu machen. Der Mann ist tot«, erklärte der Jogger und riss sie aus ihren Beobachtungen.

Sie fuhr zusammen. »Sind Sie Arzt?«

»Nein, bin ich nicht.« Der Fremde zuckte mit den Schultern. »Ich habe leider einige Erfahrungen im Umgang mit Leichen.«

Er atmete tief durch und strich sich eine schweißnasse Haarsträhne aus der Stirn. Die nächsten Worte richtete er eher an sich selbst.

»Ich muss die Kollegen anrufen.«

»Kollegen?«, fragte Hilka irritiert.

Der Jogger legte den Kopf schief und die Andeutung eines Lächelns kerbte sich ihm in die Mundwinkel. »Ja, ich bin Polizist. Leider habe ich mein Handy nicht dabei, aber ich nehme an, Sie haben eins mitgenommen?«

»Sie … Sie sind Polizist?«, wiederholte die Kommissarin.

»Ja, wieso?«, fragte er und hob die Augenbrauen. »Alles in Ordnung mit Ihnen?«

Die Worte drangen gedämpft an ihre Ohren, als hätte ihr jemand einen Stiefelsack über den Kopf gestülpt. Ein säuerlicher Geschmack entstand auf ihrer Zunge und der Magen verhärtete sich zu einem Backstein.

»Ja, ich bin okay«, antwortete sie verzögert, »denn, ob Sie es glauben oder nicht, ich habe ebenfalls einige Erfahrungen im Umgang mit Toten.«

»Ach wirklich?« Dem fragenden Ausdruck auf dem Gesicht des Joggers fügte sich eine gerunzelte Stirn hinzu.

Hilka nickte, ehe sie antwortete. »Es ist wohl so, dass Ihre Kollegen auch meine Kollegen sind.«

»Was? Sie wollen nicht etwa sagen, dass Sie …«

»Mein Name ist Hilka Martens. Ich bin Kriminalkommissarin.«

Ihr Gegenüber öffnete den Mund, doch es drang kein Wort daraus hervor.

Jetzt fehlt nur, dass er anfängt, nach Luft zu schnappen, wie ein Fisch auf dem Trockenen.

Der unbekannte Kollege atmete problemlos weiter. Er strich sich lediglich über die widerspenstige Strähne und nickte.

»Schön und gut«, meinte er nur. »Wenn wir schon dabei sind, uns vorzustellen, will ich nicht hinter dem Berg halten.«

Der Backstein in ihrem Magen wurde schwerer.

»Oberkommissar Axel Groot. Wenn ich mich nicht täusche, ab morgen Ihr direkter Vorgesetzter, Frau Martens.«

Hilka war, als würde man ihr einen Teppich mit Gewalt unter den Füßen wegziehen.

5. Kapitel

Achtzehn Minuten nachdem Hilka Martens im Polizeipräsidium Norden angerufen hatte, erreichten zwei Einsatzwagen den Ort des Geschehens. Weitere fünf Minuten später wisperte rot-weißes Absperrband im auffrischenden Wind und grenzte den Fundort der Leiche ab.

Nicht übel, dachte Axel anerkennend. *Das habe ich schon deutlich schlechter erlebt.*

Auf den ersten Blick wirkte der Aufwand übertrieben. Außer den Polizeibeamten und dem Zeugen war niemand vor Ort, der die Ermittlungen gestört hätte. Aber Vorsicht war besser als Nachsicht. Obwohl das Wetter langsam umschlug und unangenehmer wurde, war es gut möglich, dass Touristen auftauchten.

Außerdem hatte sich der Leichenfund mit größter Wahrscheinlichkeit schon herumgesprochen. Dadurch konnten weitere Neugierige angelockt werden. Der Oberkommissar hatte dahingehend in der Vergangenheit unschöne Erfahrungen gesammelt.

»Das nenne ich einen gelungenen Einstand.«

Axel lächelte. Er kannte die Stimme. »Ich dachte mir, wenn ich schon in die alte Heimat zurückkehre, dann doch bitte schön richtig.«

Ludger Vogt stand in voller Pracht und beachtlicher Leibesfülle vor ihm. »Wenn das nicht alles so schrecklich wäre, könnte man fast darüber lachen.«

Die beiden Männer reichten sich die Hände. Sie kannten sich ewig. Der Polizeihauptmeister hatte mit Axels Vater – Piet – zusammengearbeitet. Dieser hatte in den siebziger und achtziger Jahren in Hagermarsch und Umgebung als »Feldbulle« Bekanntheit erlangt. Diese Bezeichnung war ihm in Anerkennung für die gute Arbeit, die er geleistet hatte, und für seine Freundlichkeit verliehen worden. Und als solches hatte er sie verstanden und mit Stolz angenommen.

»Mal ernsthaft jetzt, das ist ein ganz schöner Schlamassel, oder was meinst du?« Vogt deutete auf die Leiche. Sein Bauch sprengte dabei beinahe die Knopfleiste des blauen Uniformhemdes.

»Das wird sich noch zeigen, Ludger. Ohne Anhaltspunkte lässt sich nicht viel sagen. Wir müssen auf die Spurensicherung und den Bericht des Gerichtsmediziners warten.«

»Das wird aber noch dauern«, stellte Vogt klar. »Durch den Sturm letzte Nacht sind einige Straßen blockiert. Ich habe gerade eben mit Dr. Willers telefoniert. Irgendwo liegen ein paar Bäume quer.«

»Mist verdammter«, zischte Axel.

Er sah zum Himmel auf. Die sonnige Freundlichkeit des Morgens war mittlerweile einer grauen Wolkendecke gewichen, die tief und schwer über ihnen hing. Ein paar Mal hatte es zu nieseln angefangen und es war zu befürchten, dass sich das Wetter weiter verschlechterte.

»Keine Sorge, im Notfall sichern wir hier alles mit Planen ab«, beruhigte Ludger ihn. Er schien Gedankenleser zu sein.

»Das wird auch nötig sein.« Hilka Martens trat seitlich an die Männer heran. Sie begrüßte Vogt mit einem Nicken, welches dieser erwiderte.

»Wie kommen Sie darauf, Frau Kollegin?« Axel verschränkte die Arme vor der Brust.

»Natürlich hat keiner von uns die Leiche nochmals angerührt«, erklärte sie, »aber dennoch ist eine Fremdeinwirkung, die eventuell zum Tode geführt hat, nicht auszuschließen.«

»Das haben Sie allein dadurch bestimmen können, dass Sie sich den Toten angesehen haben?«, platzte es aus Vogt hervor.

Am liebsten hätte Axel theatralisch geseufzt. Der ehemalige Kollege seines Vaters war ein erfahrener Beamter mit vielen Eigenschaften, um die er ihn beneidete. Aber leider neigte er dazu, die Karten zu schnell offen auf den Tisch zu legen.

»Ehrlich gesagt ja, Herr Vogt«, antwortete Hilka. In ihrer Stimme klang ein schnippischer Unterton durch. »Ich habe mir die Hände und das Gesicht des Toten genauer angesehen. Er liegt zwar auf dem Bauch, aber zum Glück auch etwas verdreht.«

Wie um ihre Worte zu unterstreichen, deutete sie zum Fundort. »Man kann deutlich Schwellungen und Abschürfungen erkennen.

Sowohl an der Stirn, der rechten Schläfe als auch an den Lippen und an den Knöcheln. Ein Veilchen ziert das rechte Auge.«

»Er kann sich bei einem Sturz verletzt haben.«

»Das ist gut möglich, Herr Groot, aber ich gehe davon aus, dass der Tote ertrunken ist. Das heißt: Er war im Wasser und wurde wahrscheinlich hier angeschwemmt.«

Axel wiegte den Kopf. »Er kann sich trotzdem beim Sturz ins Wasser verletzt haben, oder er wurde gegen ein Hindernis geschleudert. Das muss nicht mit Fremdeinwirkung in Zusammenhang stehen.«

Hilka tat es ihm gleich und wiegte ebenfalls den Kopf. »Das sehe ich anders. Wenn er im Wasser schwamm und sich dabei verletzt hätte, oder unmittelbar bevor er hineinfiel, müsste die Kälte die Schwellungen praktisch sofort verhindert haben.«

Es folgte eine Pause.

Oje, sie ist ja theatralischer als ich, ärgerte sich Axel.

»Da die Schwellungen und das Veilchen jedoch voll ausgeprägt sind, befand er sich zum Zeitpunkt der Verletzung noch nicht im Wasser, würde ich sagen. Außerdem wirken die Abschürfungen an den Knöcheln so, als habe er jemanden geschlagen.«

Axel schürzte die Lippen. »In Ordnung, dem kann ich zustimmen.«

Ein zufriedenes Grinsen breitete sich auf dem Gesicht der Kollegin aus. Und glitzerte es nicht selbstgefällig in ihren Augen? Es wurde Zeit, ihr einen kleinen Dämpfer zu versetzen.

»Das haben Sie gut beobachtet, aber ich denke, es gibt ein eindeutigeres Merkmal, das auf Fremdeinwirkung schließen lässt«, erklärte er.

»Und das wäre?«

Statt zu lächeln, gönnte er sich ein kurzes Zucken der Mundwinkel. »Nun, anstatt sich nur die Hände und den Kopf des Toten anzusehen, hätten Sie einen intensiveren Blick auf seinen Rumpf werfen sollen.«

Sie blinzelte irritiert. »Der Rumpf? Was ist damit?«

»Rechts, ungefähr zwischen der vierten und der fünften Rippe, ist eine schmale, aber augenscheinlich tiefe Stichwunde.«

»Was?« Die Stimme der Kommissarin stieg um eine halbe Oktave. Ihr Blick pendelte zwischen Axel und der Leiche hin und her.

»Sehen Sie es sich ruhig an, wenn Sie mir nicht glauben.«

Ohne zu zögern, stapfte sie davon und ließ sich seitlich vom Toten nieder. Sie beugte sich vor und besah sich den Rumpf genauer. Groot lächelte, als er den verblüfften Gesichtsausdruck der ungestümen Kollegin sah.

»Wie hast du das denn herausgefunden?«, flüsterte Vogt neben ihm. »Ich meine, der Mann trägt einen Parka und ein dickes Hemd, da kannst du doch unmöglich …«

Axel winkte ab, ehe der Satz vollendet werden konnte. »Ich habe die Kleidung hochgezogen, als die Martens zu ihrem Wagen gerannt ist, um zu telefonieren. Nur ein klein wenig. Ich hatte so ein Gefühl und war neugierig.«

»Aber was ist mit der Spurensicherung?«, fragte Ludger. Die Verblüffung stand ihm offen ins Gesicht geschrieben.

»Du meine Güte, ich habe es ja wieder hergerichtet«, sagte Axel und zuckte mit den Schultern. »Die Leiche wurde nicht bewegt. Immerhin konnte ich diesen Erkenntnisvorsprung nutzen, um unsere junge Kollegin zu verblüffen und mundtot zu machen.«

Er sah zu Hilka hinüber, die sich aufgerichtet hatte. Ihr Blick erinnerte an eine Raubkatze, die ihre Beute belauerte.

»Auch wenn es wahrscheinlich nicht allzu lange vorhalten wird«, fügte er bedauernd hinzu.

6. Kapitel

Hilka kochte innerlich, als sie den Golf vor dem Polizeipräsidium von Norden ausrollen ließ. Groot hatte sie vorgeführt und das wurmte sie enorm. Am Rumpf der Leiche gab es eine Stichwunde. Es fuchste sie, dass er diese Spur entdeckt hatte und nicht sie.

Schmollend stieg sie aus. Das Verdeck hatte sie inzwischen zugezogen. Der Himmel erweckte nicht den Eindruck, als würde es lange dauern, ehe es erneut zu regnen anfing. Ihr Blick glitt an der Fassade des zweigeschossigen Gebäudes empor, in dem die komplette Polizei des Ortes untergebracht war.

Das Haus war denkmalgeschützt und wies viele schöne kleine Details auf. Es gab einen großen, zum Markt hin ausgerichteten Giebel. An der Vorderseite waren drei Sandsteinkartuschen angebracht. Zwei davon stellten die Wappen der einflussreichen Familien dar, die es erbaut hatten. Hilka erinnerte sich nicht mehr an die Namen. Auf der dritten Kartusche stand das Baujahr – 1617.

Das Oberlicht direkt über der Eingangstür fiel ihr besonders auf. In ihm waren geschwungene Füllhörner aus weißem Sandstein zu erkennen. Die Motive gefielen ihr. Für einen Moment blieb sie stehen und ließ das Gebäude auf sich wirken, ehe sie die Stufen vor dem Eingang überwand und eintrat.

Im Inneren war es still. Kein Wunder, denn die meisten Kollegen befanden sich am Fundort der Leiche oder fuhren Streife. Zwei uniformierte Beamte waren zugegen.

Die Frau, groß und schmächtig mit dichten dunklen Augenbrauen, die sich gegen die blasse Haut deutlich abhoben, goss einige Pflanzen, die in der Fensterbank ihr Dasein fristeten. Sie sah gemächlich auf und nickte Hilka zu, wobei sie sich nicht einmal bemühte zu lächeln.

Der andere Beamte war energiegeladener. Der junge Mann federte vom Stuhl hoch und war blitzschnell am Tresen, der den Eingangsbereich von den Schreibtischen und Arbeitsstationen abgrenzte.

»Guten Morgen. Wie kann ich Ihnen helfen?« Das Namensschild auf seiner Brust wies ihn als Rainer Dyssen aus. Die Dienstgradabzeichen waren die eines Polizeimeisters.

Gute Frage. Im Grunde genommen weiß ich gar nicht, was ich hier will.

Offiziell trat sie ihren Dienst erst am nächsten Tag an. Die Ereignisse der letzten beiden Stunden hatten alles über den Haufen geschmissen. In ihr war eine Unruhe erweckt worden, die sie hierhergetrieben hatte. Sie hatte das Bedürfnis, irgendetwas zu unternehmen. Und wenn sie sich nur bei ihren Kollegen im Präsidium vorstellte. Sie holte den Dienstausweis hervor.

»Ich bin Hilka Martens. Man erwartet mich zwar erst morgen, aber ich wollte mich heute schon mal vorstellen.«

Dyssen richtete sich kerzengerade auf, als hätte er einen Besenstil verschluckt. »Oh, Frau Martens, ich meine … Frau Kommissar Martens … wir … also ich … wir haben Sie heute noch gar nicht erwartet.«

Hilka setzte ihr freundlichstes Lächeln auf. Der Blick des Polizeimeisters irrlichterte umher. Die Kollegin am Fensterbrett war ihm keine wirkliche Hilfe, denn sie schien das Geschehen nicht im Geringsten zu interessieren. Die Pflanzenpflege war wichtiger.

»Das ist vollkommen in Ordnung«, entgegnete die Kommissarin. »Eigentlich wollte ich erst morgen hier aufschlagen.«

Die Worte wirkten. »Ah ja, jetzt fällt es mir ein. Ludger … ich meine, Herr Vogt hat vorhin angerufen. Sie waren bei dem Leichenfund dabei, nicht wahr?«

»Genauer gesagt, bin ich eine der Personen, die den Toten entdeckt haben«, korrigierte sie.

Dyssen schüttelte den Kopf. Er war nicht sonderlich groß. Hilka schätzte ihn auf knapp eins siebzig, womit er einige Zentimeter kleiner war als sie.

Er strich sich durch sein kurzgeschnittenes, rostrotes Haar, ehe er antwortete. »Dann haben Sie ja einen ganz tollen ersten Eindruck von unserer Gegend gewonnen. Tut mir wirklich leid für Sie.«

Hilkas Lächeln wurde breiter. »Das macht nichts, ich bin weitaus Schlimmeres gewohnt. Hamburg ist nicht gerade ein Ort, an dem man als Polizist zart besaitet sein darf.«

Sie sah sich demonstrativ um. »Obwohl ich erst morgen anfangen soll, würde ich mich doch schon einmal gerne hier umsehen. Vielleicht erhalten wir auch schon die ersten Infos von der Spurensicherung. Die Kollegen kamen gerade an, als ich aufbrach.«

»Oh ja, natürlich, kein Problem. Ich führe Sie zu den Büros des KED.«

Er nickte der Hobbygärtnerin an der Fensterbank kurz zu, ehe er den Tresen umrundete und Hilka zu einer Treppe brachte, die in den ersten Stock führte.

»Die Kollegin hat wohl nicht nur die Ruhe weg, sondern auch einen grünen Daumen, was?«, fragte sie.

Dyssen grinste. »Lassen Sie sich nicht täuschen. Okka wirkt vielleicht phlegmatisch, aber sie ist auf Zack. Sie zeigt es nur nicht immer.« Hilka ließ die Worte kommentarlos stehen.

Im ersten Stock gelangten sie in einen Büroraum mit zwei Schreibtischen. Mit Erleichterung stellte die Kommissarin fest, dass es eine moderne Computeranlage mit Flachbildschirmen gab. In der Ecke entdeckte sie zwei Aktenschränke. Sie fragte sich, was für uralte Unterlagen darin vor sich hin moderten. Im hinteren Teil des Raumes lag eine kleine Küche mit Kaffeemaschine und Mikrowelle.

Zwei Türen führten nach links und rechts. Dyssen deutete auf die erste. »Das ist die Toilette. Sorry, wir haben hier oben nur eine einzige, also sowohl für Männer als auch für Frauen.« Er lief leicht rötlich an. War ihm das Thema etwa peinlich?

»Und die andere Tür?«, fragte Hilka.

»Das ist das Büro für den Leiter des KED. Ab morgen wird das Oberkommissar …«

»… Axel Groot sein, ich weiß, ich weiß«, beendete sie Dyssens Satz. Es fiel ihr schwer, nicht die Augen zu verdrehen.

»Ich Trottel. Den haben Sie ja auch schon kennengelernt.«

»Kann man wohl laut sagen.« Die letzten Worte sprach Hilka leise aus.

»Das hier wird Ihr Reich werden, Frau Martens.«

»Und wem gehört der zweite Schreibtisch?«

»Vorerst niemandem«, entgegnete der Kollege. »Tatsächlich werden Sie und Herr Groot zunächst, also bis auf Weiteres, den kompletten Kriminalermittlungsdienst repräsentieren.«

Hilka runzelte die Stirn. »Nur zwei Personen?«

Dyssen wirkte, als fühle er sich nicht wohl in seiner Haut.

»Ich bin nur ungern der Übermittler schlechter Nachrichten«, sagte er, »aber so sieht es wohl aus. Die Kollegin Rickmers hat sich versetzen lassen.«

»Weshalb das denn?«

Er lachte bitter auf. »Anscheinend war ihr hier nicht genügend los.«

Ist das wirklich möglich?, schoss es Hilka durch den Kopf. Ein Wutschrei versuchte, sich den Weg ins Freie zu bahnen, doch sie biss die Zähne fest aufeinander und wandte sich ab.

Die verehrte Kollegin Rickmers haut von hier ab, weil man sich hier am Arsch der Welt befindet, und ich lande stattdessen auf diesem trostlosen Posten.

Nachdem sich ihr Pulsschlag wieder beruhigt hatte, drehte sie sich um und bemerkte den besorgten Blick des Kollegen. Augenscheinlich war es ihr doch nicht gelungen, die Regung vollständig vor ihm zu verbergen. Bevor sie in die Verlegenheit kam, eine Ausrede zu finden, schlug eines der Telefone auf dem Schreibtisch vor ihr an.

Dyssen, der näher stand, griff nach dem Hörer. »Kriminalermittlungsdienst Polizeipräsidium Norden, Dyssen am Apparat«, spulte er die Worte ab. Er lauschte einen kurzen Moment, sah auf Hilka und errötete.

»Augenblick bitte«, sagte er mit heiserer Stimme und schaltete das Telefon stumm. »Ich bitte um Entschuldigung. Vielleicht hätten eher Sie rangehen sollen.«

Die Kommissarin schmunzelte. Irgendwie war der Kollege knuffig. Seine unbeholfene Art hatte etwas Rührendes an sich.

»Schon in Ordnung. Eigentlich bin ich noch gar nicht offiziell im Dienst. Worum geht es denn?«

»Ein Kollege von der Spurensicherung mit den neuesten Erkenntnissen zu Ihrem Fall.«

Hilka nahm den Apparat und schaltete die Leitung wieder frei.

»Martens hier. Was gibt es?«

Am anderen Ende schnaufte jemand, als hätte er einen Gewaltmarsch hinter sich. So schien es jedenfalls.

Es dauerte ein paar Sekunden, bevor sie merkte, dass es nicht der Mann war, der diese komischen Laute von sich gab, sondern dass der kräftige Wind am Deich sie verursachte.

»Wie bitte? Können Sie das nochmal wiederholen?«, rief sie in die Sprechmuschel.

»Entschuldigung, ich habe mich aus dem Wind gedreht, Frau Martens. Michaelis hier, von der Spurensicherung. Ich wollte nur ein paar Dinge, die wir mittlerweile über den Toten in Erfahrung gebracht haben, an Sie weitergeben. Ein ausführlicher Bericht folgt natürlich.«

»Klar«, erwiderte Hilka, setzte sich an den Schreibtisch und griff nach einem Post-it-Stapel und einem Kugelschreiber. »Schießen Sie los, Herr Michaelis.«

»Also, wir haben bei dem Toten Papiere gefunden. Sein Name ist Rolf Behrend, er stammt aus Norden.« Der Mann von der Spurensicherung nannte die genaue Adresse.

»Sonst noch etwas?«

»Ja, gleich neben den übrigen Ausweispapieren, also Führerschein, Kranken- und Kreditkarte, trug er einen Mitgliedschein bei sich. Für einen ›Verein zur Wahrung der historischen Wahrheit‹.«

»Wie bitte?«

»Ja, ernsthaft, Frau Martens«, versicherte Michaelis. »Das steht auf der eingeschweißten Karte mit Ausstellungsdatum, einem etwas älteren Foto vom Toten und irgendeinem Stempel.«

»Sachen gibt's.«

»Genau, außerdem ist da eine Karte, auf der steht, wer zu benachrichtigen ist, wenn ihm etwas zustoßen sollte.«

»Die Ehefrau?«

»Glaube ich nicht. Derselbe Nachname, aber eine andere Adresse. Die Dame heißt Christel Behrend.« Der Kollege nannte auch ihre Anschrift.

»Gut, ist alles notiert.«

»Okay, Frau Martens, alles Weitere dann später in schriftlicher Form. Ich verabschiede mich.«

Michaelis unterbrach die Verbindung.

»Das ist nicht viel«, murmelte Hilka in Dyssens Richtung. Er stand hinter ihr und starrte auf die Notizen. Sie klopfte mit dem Ende des Kugelschreibers auf das Papier. »Aber immerhin genug, um jemanden zu benachrichtigen. Vielleicht sogar eine erste Spur.«

7. Kapitel

Ein Kollege fuhr Axel nach Hause.

Er brauchte dringend eine Dusche und frische Sachen. Außerdem hatte er ein paar Angelegenheiten zu regeln, die sich nicht aufschieben ließen.

»Es reicht, wenn Sie mich an der Auffahrt rauslassen«, sagte er. »Dann müssen Sie nicht umständlich auf dem Hof wenden.«

»Ich gebe zu bedenken, dass es regnet, aber ganz wie Sie wollen, Herr Oberkommissar.«

Herr Oberkommissar. Er hatte sich noch nicht an den neuen Dienstgrad gewöhnt.

Der Wind war aufgefrischt und trieb Regentropfen fast waagerecht durch die Luft. Es war erstaunlich, wie schnell sich das Wetter seit den von Sonnenschein durchzogenen Morgenstunden verschlechtert hatte.

Der Kollege fuhr davon. Axel sah ihm nach, ehe er über die Auffahrt zum Haupthaus lief. Piet Groot hatte es Mitte der Siebziger vom Vater übernommen, der damals frisch verwitwet nach Norden in eine kleine Eigentumswohnung gezogen war.

Der Weg mündete in einen Kreis, der rund um eine wuchtige Eiche herum verlief. Seine Mutter hatte ihm immer berichtet, dass sie so etwas wie ein Schutzpatron für die Familie darstellte.

Schutzpatron, dachte Axel gallig. Sicher, der Baum war schön. Er hatte einen mächtigen Stamm, wuchs hoch und breit und besaß eine prächtige Krone, in der sich im Sommer unzählige Vögel tummelten.

Wenn die Eiche tatsächlich einen Schutz darstellte, wieso waren seine Eltern dann auf so grauenhafte Weise ums Leben gekommen? Ohne den Baum weiter anzusehen, lief Axel an ihm vorbei. Er holte dabei den Schlüssel aus der Tasche, um aufzuschließen.

Unnötig, denn die Tür schwang, wie von Geisterhand bewegt, nach innen auf. Abrupt blieb er stehen, wie gegen eine unsichtbare Wand geprallt. Verdutzt starrte er auf die schlanke Frau, die im Rahmen stand.

»Du meine Güte, ich hab schon befürchtet, dass was passiert ist«, legte Charlotte Thaler los.

Die gute Seele des Groot-Anwesens erwiderte seinen Blick. Aufrichtige Sorge war darin zu erkennen. »Ich war schon drauf und dran, eine Fahndung nach dir einleiten zu lassen«, beschwerte sie sich.

Sie lebte im abgeteilten Stallgebäude, welches vor über dreißig Jahren zu einer Anliegerwohnung umgebaut worden war. Piet und Janne Groot hatten sie bei sich aufgenommen, nachdem sie unverschuldet in finanzielle Schwierigkeiten geriet.

Obwohl Axel ausgelaugt war und ihm die Kälte durch die Knochen kroch, lächelte er.

Charlie, wie ihre Freunde und Vertrauten sie nannten, war auf der einen Seite die resoluteste Person, die er jemals kennengelernt hatte. Andererseits war sie sensibel, hilfsbereit und freundlich. Sie hatte immer ein offenes Ohr für die Probleme anderer Menschen. Sie war für ihn so etwas wie ein dritter Elternteil, der den kleinen, oftmals rüpelhaften Axel mitaufgezogen hatte.

»Du übertreibst mal wieder«, entgegnete er und drängte sich an ihr vorbei. Er wollte so schnell wie möglich unter die Dusche und in trockene Klamotten. Zu seinem Leidwesen beließ Charlie es nicht bei dem kurzen Wortwechsel.

Sie schob die Tür ins Schloss und folgte ihm bis ins Schlafzimmer, wo er den Kleiderschrank öffnete.

»Ich übertreibe?«, fragte sie. Demonstrativ verschränkte sie die Arme vor der Brust und lehnte sich an die Wand. »Wann habe ich jemals übertrieben, Axel? Wann? Wann? Wann?«

Groot lugte hinter der Schranktür hervor.

»Na, in diesem Augenblick zum Beispiel.«

Er hob beschwichtigend die Hände, ehe sie erneut loslegte. »Charlie, bitte, komm wieder runter, ja? Ich weiß, dass ich lange weg war und dass du dir Sorgen gemacht hast, aber leider hatte ich mein Handy hier vergessen und konnte dich nicht anrufen.«

Axel wischte sich über die Stirn. Der Schweiß war mittlerweile getrocknet und die Haut fühlte sich stumpf an. Seine Muskeln waren vollkommen ausgekühlt, was auch am durchnässten

Jogginganzug lag. Er sehnte sich nach den heißen Wasserstrahlen einer Dusche.

»Es ist etwas dazwischengekommen«, sagte er nur. Er wollte das Gespräch schnell, aber auch schonend beenden. »Etwas Schlimmes.«

Die grauhaarige Frau mit dem Gesicht, das so gar nicht zu einer über Sechzigjährigen passte, runzelte die Stirn. »Was denn, um Himmels willen?«

»Eigentlich sollte ich es dir gar nicht sagen, weil wir erst am Anfang unserer Ermittlungen stehen, aber …« Er unterbrach.

Oh Gott, ich führe mich genauso auf wie die Martens. »… ich habe einen Toten am Westerdeich gefunden.«

Charlie Thalers Unterkiefer klappte runter.

»Wie bitte?«, flüsterte sie.

Sie war halt eine sensible Seele. Axel sah, wie sich die aufgerissenen Augen mit Tränenflüssigkeit füllten. Die Lippen bebten. So war es immer, wenn sie vom Leid anderer erfuhr.

»Ja, das ist die Wahrheit. Ich bin noch nicht einmal offiziell im Dienst und stolpere über einen Toten.«

»Aber wer? Wie? Ich meine, was ist …«

Axel trat näher an die Frau heran, die ihm genauso viel bedeutete wie die eigene Mutter. Er umfasste ihre Schultern und sah ihr ernst in die Augen.

»Wir wissen fast gar nichts. Leider hatte die Gerichtsmedizinerin Probleme herzukommen. Wegen der Sturmschäden. Ich schätze, wir erhalten die ersten Infos in den nächsten beiden Stunden.«

Charlie schwieg. Eine Träne rollte ihr über die Wange. Mit einer geistesabwesenden Bewegung wischte sie sie weg.

»Und das ist der Grund, warum ich mich beeilen muss. Ich werde wohl heute schon ins Präsidium fahren und habe vorher noch einiges zu regeln. Du weißt ja, mein Kreditberater wollte sich heute noch mit mir unterhalten.«

»Ja, schon verstanden, aber eine Sache muss ich wissen. Du kennst mich ja, ansonsten komme ich nicht zur Ruhe.«

Axel seufzte. Charlie hatte recht. Er kannte sie gut. Sehr gut sogar.

»War es ein natürlicher Tod?«

»Tja, da stellst du die Frage, die mir ebenfalls durch den Kopf geht. Ganz genau wissen wir es noch nicht. Ich habe eine Verletzung am Rumpf entdeckt, die könnte auf Fremdeinwirkung zurückzuführen sein.«

Er gab Charlie keine Zeit, diese Info richtig zu verarbeiten. Mit einer schnellen Bewegung drehte er sie herum.

»Und jetzt sei lieb und lass mich allein. Ich habe zu viel um die Ohren.« Er gab ihr einen Klaps auf den Po. »Wir sprechen später weiter, ja?«

Sie sandte ihm einen entrüsteten Blick, der nur Theater war, denn ein schmales Lächeln zuckte um ihre Lippen. Ja, so war Charlie Thaler. In einem Moment vollkommen aufgebracht und den Tränen nahe und im nächsten Augenblick kämpferisch und zu allem bereit.

Immerhin tat sie, worum er sie bat. Sie ließ ihn allein.

Die Dusche war herrlich und brachte dem Körper die Energie zurück, die durch die langsame Auskühlung verlorengegangen war.

Danach gönnte Axel sich einen Müslimix mit Milch und eine Scheibe Vollkornbrot mit Salami und Käse. Gesättigt, gereinigt und von der notwendigen Betriebswärme erfüllt, betrat er sein Arbeitszimmer. Gerade, als er die Hand nach dem Telefon ausstreckte, klingelte es.

Er verdrehte die Augen.

»Verdammt«, fluchte er leise, obwohl er allein war und niemand Anstoß an seinem Fluch hätte nehmen können. Auf dem Display erkannte er die Dienststellennummer des Polizeipräsidiums.

»Wetten, am anderen Ende ist die Martens?«, fragte er in die Stille des Zimmers hinein. Er nahm den Anruf an.

»Martens hier.«

Schade, dass ich niemanden zum Wetten hatte. Das hätte sich gelohnt.

»Frau Kollegin. Was kann ich für Sie tun?«

Einen kurzen Moment lang herrschte Stille in der Leitung. Überlegte die Kommissarin, ob er sie mit seiner freundlichen Begrüßung aufzog?

»Ich bin ins Präsidium gefahren, um im Bedarfsfall die ersten Infos zu sammeln und vielleicht auch die ersten Schritte einzuleiten.«

»Das hört sich gut an, Frau Martens. Hat sich denn schon etwas ergeben?«

»Allerdings. Die Spurensicherung meldete, dass der Tote höchstwahrscheinlich ein gewisser Rolf Behrend ist. Er kommt aus Norden. Die Adresse ist bekannt. Außerdem hat er eine Tochter.«

»Christel Behrend«, sagte Axel und unterbrach die Kollegin am anderen Ende.

»Sie kennen sie?«

»Nicht persönlich, aber ihr Vater ist weit über die Grenzen von Norden bekannt. Er ist ein anerkannter Hobby-Historiker. Ich habe von ihm einiges gehört, weil ich mich selber ein wenig für Geschichte interessiere. Leider habe ich bislang kein Buch von ihm gelesen, sonst hätte ich ihn wahrscheinlich erkannt.«

»Ja, das wäre praktisch gewesen. Lässt sich nun aber nicht mehr ändern.«

Sehr schön formuliert, Frau Kollegin.

»Haben Sie schon mit Frau Behrend Kontakt aufgenommen?«

»Ja, sie ist schon unterwegs zur Leichenhalle, um ihren Vater zu identifizieren.«

Axel presste die Lippen aufeinander. Urplötzlich wogten Erinnerungen vor dem geistigen Auge empor. Er sah sich selbst in der Leichenhalle in Norden stehen. Damals, als seine Eltern …

Er holte tief Luft und zwang sich in die Gegenwart zurück. Solche kurzen Bilder zuckten dann und wann aus dem Gedächtnis. Es kam ihm vor, als wäre all das erst vor einigen Tagen passiert und nicht, wie in Wirklichkeit, vor Jahren.

»Das ist gut«, sagte er nur. Hoffentlich klang seine Stimme nicht brüchig.

»Danach kommt Frau Behrend ins Präsidium«, erklärte Hilka Martens.

Axel stutzte. »Ist das so klug? Sollte sie sich danach nicht lieber etwas schonen? So eine Identifikation kann ganz schön hart sein.«

Ich weiß, wovon ich rede.

»Dachte ich eigentlich auch. Deshalb habe ich ihr vorgeschlagen, sie wieder nach Hause fahren zu lassen. Alles Weitere hätten wir morgen oder übermorgen regeln können.«

»Das wäre doch vielleicht wirklich besser«, bestätigte Axel.

»Mag schon sein, aber Frau Behrend hat darauf bestanden. Anscheinend will sie etwas zu Protokoll geben und sie hat es eilig damit.«

»Ach wirklich, und was?«

Wieder eine Künstlerpause.

Axel malte sich aus, dass die Martens an ihrem Schreibtisch hockte und überlegen grinste. Er konnte es nicht beweisen, aber das Bild war urplötzlich da, genauso wie jenes, das ihn selber in der Leichenhalle bei seinen Eltern gezeigt hatte.

»Sie sagte, sie könne uns einen Tatverdächtigen präsentieren.«

8. Kapitel

Es war gegen Mittag, als Oberkommissar Groot das Büro betrat. Hilka grüßte mit einem kurzen Nicken, ehe sie sich wieder dem Computermonitor zuwandte.

»Sie scheinen sich ja recht gut eingelebt zu haben, Frau Martens.«

»Könnte man sagen«, erwiderte sie. Sie lehnte sich zurück und nahm die Lesebrille ab. »Ich habe die letzten zwei Stunden mit Recherchen verbracht. Es ist doch erstaunlich, wie viel im Internet herauszufinden ist. Selbst über verhältnismäßig unbekannte Personen.«

»Über Behrend?«

Hilka nickte. »Ganz genau. Dieser Mann war in immens vielen Geschichtsforen unterwegs. Da muss seine gesamte Freizeit für draufgegangen sein.«

»Irgendetwas, was uns weiterhelfen kann?«, fragte Groot.

»Nicht so wirklich«, antwortete sie, »aber doch ein paar Hinweise darauf, dass er in der Gemeinde der … Hobby-Historiker nicht immer gut ankam. Es gab ein paar Dispute mit anderen Interessierten, die er manches Mal ziemlich hart angegangen ist.«

»Wie darf ich das denn verstehen?«

Sie lächelte. »Sagen wir es so: Herr Behrend konnte ausgezeichnet mit Worten umgehen. Er vermochte, Menschen fertigzumachen, ohne sie direkt zu beleidigen. Da flogen in einigen Chats wirklich die Fetzen, kann ich Ihnen sagen.«

Groot ließ sich auf dem Tischrand nieder und verschränkte die Arme vor der Brust. Über seiner Nasenwurzel bildete sich eine steile Falte. »Das deckt sich so in etwa mit dem, was ich immer mal wieder gehört habe, wenn ich auf Ostfrieslandbesuch war.«

Hilka runzelte die Stirn. »Ach, Sie waren schon vor Ihrer Versetzung öfters hier? Auf Urlaub?«

Ihr neuer Vorgesetzter lächelte sie milde an. »Sie können es nicht wissen, Frau Martens, aber ich stamme ursprünglich aus dieser Gegend. Ich bin ein echter Ostfriesenjung.«

»Das hätte ich wirklich nicht vermutet. Aber wir schweifen ab. Was haben Sie denn früher über Behrend erfahren?«

Groot kratzte sich am Kopf, ehe er antwortete. »Nun, Behrend war vor seiner Pensionierung Lehrer am Gymnasium in Aurich.« Er grinste sie spitzbübisch an. Hilka fiel zum ersten Mal auf, dass er richtig gut aussah. »Raten Sie mal, welches Fach er unterrichtete?«

»Muss ich wirklich, oder kann ich diese Quizfrage aufgrund zu niedriger Schwierigkeit überspringen?«

Er lachte. »Na ja, ich verstehe schon. Also, er war Gymnasiallehrer, und zwar einer von der Sorte, an den man sich nicht wendet, wenn man Kummer oder Sorgen hat.«

»Er war nicht sehr beliebt«, schlussfolgerte sie.

Groot schüttelte den Kopf. »Nein, sagen wir es geradeheraus: Er war ein Arschloch. Ich kenne ein gutes Dutzend seiner ehemaligen Schüler, die auch noch in den Jahren nach ihrem Abschluss davon sprachen, dass man ihn am besten zum Mond schießen sollte.«

»Aber er war doch schon seit Längerem nicht mehr im Dienst«, warf Hilka ein. »Er widmete sich anscheinend ausschließlich seinen historischen Arbeiten und leitete diesen Verein.«

»›Zur Wahrung der historischen Wahrheit‹«, ergänzte Groot mit gespielter Inbrunst. »Sonst noch etwas?«

»Nur ein paar Kleinigkeiten. Er hat ein paar Mal falsch geparkt, immer direkt vor dem Vereinshaus hier in Norden, und legte sich danach mit der Bußgeldstelle an, weil er nicht einsah, Geld zahlen zu müssen, um in sein Eigentum zu kommen. Ansonsten ist er in dieser Hinsicht uninteressant.«

»Was ist mit der Familie?«

Hilka schnippte mit den Fingern. »Das ist schon ergiebiger. Seine Frau Alma ist vor sechs Jahren gestorben. Sie hatte wohl die Scheidung eingereicht. Nach über dreißig Jahren Ehe. Allerdings vereitelte ihr Ableben alle weiteren juristischen Schritte. Neben seiner Tochter hat er nur noch eine einzige Verwandte. Eine Schwester, Astrid Bönnert, die in Braunschweig lebt. Wie sein Verhältnis zu ihr war, ist mir noch nicht bekannt, aber wir können Christel Behrend ja fragen.«

Groot erhob sich tatendurstig vom Schreibtischrand. »Gute Überleitung, Frau Kollegin. Wann kommt sie denn zu uns?«

Hilka warf einen Blick auf die Armbanduhr. »Eigentlich sollte sie jeden Moment ankommen. Man hat sie zum Leichenhaus gefahren und soll sie danach hierherbringen.«

Wie auf ein geheimes Stichwort erklang aus dem Treppenaufgang Dyssens Stimme.

»Hier entlang, Frau Behrend. Die Kommissarin erwartet Sie schon und vielleicht ist der Herr Oberkommissar auch schon anwesend.«

Der Kollege betrat das Büro mit einer einladenden Bewegung. Eine hochgewachsene, schlanke Frau mit dunkler Krausfrisur folgte ihm. Sie war blass und wirkte verschüchtert. Hilka erkannte sofort, dass ihr Augen-Make-up zerlaufen war. Die Nase war gerötet. Sie hatte geweint.

»Vielen Dank, Herr Dyssen«, sagte Groot. Der junge Polizist verstand den verdeckten Wink und zog sich zurück.

»Vielen Dank, dass Sie gekommen sind, Frau Behrend. Ich kann mir vorstellen, dass Ihnen im Moment nicht wirklich danach ist, sich mit irgendjemandem zu unterhalten.«

Er bot ihr einen Stuhl an, welchen die Besucherin dankend annahm. »Darf ich Ihnen etwas anbieten? Einen Kaffee oder Tee vielleicht? Mineralwasser?«

Christel Behrend schüttelte den Kopf.

»Nein danke«, antwortete sie mit tonloser Stimme.

Groot zog sich selber einen Stuhl heran und ließ sich nieder. »Ich möchte Ihnen zunächst unser aufrichtiges Beileid aussprechen. Worte können unmöglich dabei helfen, einen solchen Verlust zu überwinden. Das kann allein die Zeit schaffen.«

Die Tochter des Toten nickte stumm. Hilka fürchtete, dass sie jeden Moment erneut in Tränen ausbrechen würde, doch das geschah nicht.

»Trotzdem ist es wichtig, alle Fakten und Informationen zusammenzusuchen«, fuhr Groot fort. »Sie haben meiner Kollegin gesagt, Sie könnten …?«

Der Oberkommissar unterbrach sich und gab Christel Behrend die Chance, den Satz zu beenden.

»… Ihnen einen Tatverdächtigen anbieten. Ja, das kann ich.«

»Dann sollten Sie uns mitteilen, wen Sie verdächtigen.«

Christel Behrend nickte. »Sie haben recht. Aber ich muss zugeben, dass es mir nicht leichtfällt.«

Hilka klopfte ungeduldig mit der Spitze des Kugelschreibers auf die Schreibunterlage, was ihr einen ärgerlichen Blick vom Chef einbrachte. Sie ließ es sein.

»Ich fürchte, dass mein Ex-Freund hinter der Sache stecken könnte.«

»Wie heißt er?«

»Michael Harmsen, er wird aber nur Mike genannt.«

Hilka notierte weitere Angaben wie Adresse, Geburtsdatum und dergleichen.

»Seit wann sind Sie von ihm getrennt?«, fragte sie, während sie umblätterte.

»Ich habe ihm vor knapp drei Monaten gesagt, dass es vorbei ist. Und genau da liegt auch das Problem«, gab Christel Behrend mit brüchiger Stimme zur Antwort.

Der Oberkommissar hob fragend die Augenbrauen.

»Er … er war schon immer aufbrausend und unbeherrscht«, schluchzte sie. »Einmal hat er mich sogar geschlagen. Da war er betrunken, vielleicht auch high. Am nächsten Tag kam er zu mir und hat sich mit Tränen in den Augen entschuldigt.«

Hilka notierte fleißig. Sie schürzte die Lippen, denn solche Geschichten kannte sie zu Genüge. Männer, die ihre Frauen verprügelten, weil es ihnen an Beherrschung fehlte oder sie Frust schoben. Später kehrten sie »reumütig« zurück, nur damit der Teufelskreis aus Gewalt einen neuen Anfang nahm.

»Ich verzieh ihm damals, aber schon bald rastete er wieder aus«, setzte Christel Behrend ihren Bericht fort. »Er schlug mich zwar nicht, aber er drohte mir. Er schien enorm unter Druck zu stehen. Obwohl er mir immer versichert hatte, keine krummen Touren mehr zu drehen, war ich mir dahingehend nicht sicher.«

»Sie erwähnten Drogen«, warf Groot ein.

»Ja, obwohl ich es nie gesehen habe, bin ich mir sicher, dass er welche genommen hat. Außerdem trank er zu viel, was ihn noch unberechenbarer machte. Manchmal verschwand er für mehrere

Tage und wenn ich ihn fragte, wo er gewesen sei, wich er aus oder wurde fuchsteufelswild.«

Sie griff in die Jackentasche und holte ein Papiertaschentuch hervor, um sich die Tränen wegzuwischen und die Nase zu putzen.

Hilka nutzte die Gelegenheit und gab die notierten Daten des Ex-Freundes in den Computer ein.

»Wollen wir doch mal sehen, ob dieser Herr im System zu finden ist«, murmelte sie.

Der digitale Auszug aus dem Strafregister baute sich verzögerungslos auf dem Bildschirm auf.

Bei aller Ländlichkeit ist wenigstens das Internet recht flott.

Ihr Chef trat seitlich neben sie.

Der Akte waren drei Fotos beigefügt, die einen jungen Mann mit kurzen schwarzen Haaren zeigten, die wild vom Kopf abstanden. Diverse Piercings zierten das Antlitz. Am auffälligsten war ein silberner Ring, der sich in den linken Nasenflügel wand. Auf der rechten Wange war eine rote Träne eintätowiert. Die dunklen Augen vermittelten einen gehetzten Eindruck.

Kein Wunder, das Foto ist direkt nach seiner Festnahme aufgenommen worden.

Sie konzentrierte sich auf den Text in der Akte.

Michael Harmsen, geboren am 17. Juli 1993 in Aurich, war mit diversen Straftatbeständen im Register vertreten. Die Liste der Verfehlungen umfasste drei Fälle von Körperverletzung, einige leichte Drogendelikte, Sachbeschädigung, Widerstand gegen eine Diensthandlung – in diesem Fall die Verhaftung –, räuberische Erpressung, Einbruch und Diebstahl. Er hatte zuletzt eine dreijährige Gefängnisstrafe hinter sich gebracht und war wegen guter Führung vorzeitig auf Bewährung entlassen worden.

»Wow, der ist wirklich kein unbeschriebenes Blatt«, flüsterte Groot und nahm wieder neben Christel Behrend Platz.

Die junge Frau hatte sich inzwischen gefangen und lächelte sogar. »Sie müssen mich für eine dumme Gans halten, aber irgendwie hatte Mike, als ich ihn kennenlernte, etwas an sich, dem ich mich nur schwer entziehen konnte.«

Er schüttelte den Kopf.

»Nein, ich habe schon weitaus verrücktere Dinge erlebt«, antwortete Groot und erwiderte das Lächeln. »Manchmal fällt sogar der intelligenteste Mensch auf jemanden herein, der nicht gut für ihn ist. Sie können sich wenigstens zugutehalten, dass Sie sich von ihm getrennt haben. Anscheinend gehören Sie zu ebenjenen intelligenten Menschen.«

Hilka starrte intensiv auf ihren Notizblock. Sie unterdrückte mit aller Macht ein Lachen, das aus ihr auszubrechen versuchte.

Entweder ist er so sensibel, wie er sich gibt, oder er schleimt sich bei ihr ein. Auf jeden Fall ist dieses Gerede eindeutig zu viel des Guten.

»Sie sagten, mit der Trennung fingen die Probleme erst richtig an«, ergriff sie das Wort. »Was meinen Sie damit?«

»Nun, Mike wollte meinen Entschluss nicht akzeptieren. Er vermutete – nicht ganz zu Unrecht –, dass mein Vater damit im Zusammenhang stand. Er lauerte ihm einmal auf und bedrohte ihn massiv. Es ist wohl nur dem Umstand geschuldet, dass sich jemand näherte, ansonsten hätte er sich wohl auf ihn gestürzt.«

»Hat Harmsen Sie ebenfalls bedroht?«, fragte Groot.

»Mehrfach sogar. Am Telefon und auch bei unserer letzten Begegnung, das war vor zwei Wochen. Ich kam gerade aus der Praxis, wo ich als Arzthelferin arbeite.«

Hilka schrieb mit. »Gab es da irgendwelche Zeugen?«

»Leider nein, aber ich bin weggelaufen und ins Auto gestiegen. Ich hatte wahnsinnige Angst.«

»Haben Sie ihn angezeigt?«

Die Besucherin schüttelte betrübt den Kopf. »Nein, dazu konnte ich mich nicht durchringen. Ich sagte es meinem Vater und der berichtete mir davon, was zwischen ihm und Mike passiert war.«

Tränen rannen ihr aus den Augen. Sie schluchzte und wischte sich mit dem mittlerweile aufgeweichten Papiertaschentuch über die Wangen.

»Jetzt weiß ich, dass ich es hätte tun sollen. Mein Vater wollte zur Polizei, aber ich habe es ihm ausgeredet. Das war vor einer Woche, als ich ihn zum letzten Mal besuchte.«

Sie brach ab und sank zuckend in sich zusammen. Groot legte die rechte Hand auf ihre Schulter und blickte Hilka ernst an.

Sie kannte ihren Vorgesetzten noch nicht lange. Aber das war auch nicht nötig. Sein stummer Blick bestätigte, dass sie beide dasselbe dachten.

Harmsen war eindeutig ihre beste Spur.

Hilka griff zum Telefonhörer, um alles Weitere anzuleiern.

9. Kapitel

In manchen Fällen mahlen die Mühlen der Justiz langsam.

Axel Groot hatte das oft erlebt. An diesem ungewöhnlichen Tag jedoch lag der richterliche Durchsuchungsbescheid innerhalb einer Stunde vor.

»Wie haben Sie das so schnell geschafft?«, hakte er nach, nachdem Hilka Martens die frohe Kunde überbrachte.

»Eigentlich soll man solche Geheimnisse nicht verraten«, antwortete sie verschwörerisch.

»Machen Sie für mich mal eine Ausnahme.«

Die Kommissarin seufzte. »Ich habe etwas Druck gemacht. Meine Großmutter hat mir da einige Tricks beigebracht.«

»Ihre Großmutter?«

»Ja, sie ist eine bärbeißig erscheinende Hauptkommissarin und hat sehr eng mit einigen Staatsanwälten zusammengearbeitet. Da lernt man sowas.«

Axel hob erstaunt die Augenbrauen.

»Im Grunde genommen habe ich offene Türen eingerannt. Der Richter scheint für Vorbestrafte, die unter Bewährung stehen und auffällig werden, nicht viel übrig zu haben.«

»Na, das ist doch schon mal was«, antwortete er.

Das alles ging ihm durch den Kopf, als sie, wenig später, im Dienstwagen saßen und warteten.

Sie stand vor einem schäbig anmutenden Reihenhaus am östlichen Rand von Norden. Harmsens Domizil.

Vom Schlosser, der beauftragt worden war, um ihnen die Eingangstür zu öffnen, fehlte bislang jede Spur. Regen pladderte auf das Autodach und erzeugte dabei einen unbeständigen Rhythmus, der Axel nach kurzer Zeit nervte.

Dieser Teil Nordens gehörte nicht zu den besseren Gegenden. Die Gebäude wirkten baufällig und veraltet. Brüchige Fassaden und von vielfarbigen Graffitis bedeckte Wände verstärkten den heruntergekommenen Eindruck.

»Und Sie sind sicher, dass der Schlosser bald kommt?«

Axel gab sich keine Mühe, den mauligen Unterton aus der Stimme zu verbannen. Immerhin warteten sie schon seit über zwanzig Minuten.

Ob Harmsen sich im Haus befand, war nicht bekannt. Auf ihr Klingeln und Klopfen hatte jedenfalls niemand reagiert. Billige Gardinen, vom Qualm unzähliger Zigaretten gelb verfärbt, verhinderten den Blick ins Innere. Auf der Rückseite waren die Fenster sogar mit Kisten verstellt und mit Brettern vernagelt.

Wirklich keine schöne Wohngegend.

Ludger Vogt, der die beiden Kommissare begleitete, saß im Fond und schaute ein wenig unschlüssig zwischen ihnen hin und her.

»Als ich ihn anrief«, entgegnete die Kommissarin, »sagte er, er würde kommen, sobald er seinen Auftrag abgeschlossen hat.«

In ihrer Stimme schwang Anspannung mit. Die Finger trommelten gegen das Lenkrad. Sie wartete auch nicht gerne.

»Das kann so ziemlich alles bedeuten«, murmelte Axel missmutig. Im Verhör oder bei der Lektüre von Akten hatte er jede Menge Geduld, aber untätig herumzusitzen, brannte sich ihm wie die Glut einer Zigarette unter die Haut.

Ein leises Sirren in der Jackentasche lenkte ihn von den trüben Gedanken ab. Er holte das Smartphone hervor. »Ah, sehr gut. Der erste Bericht des Gerichtsmediziners.«

Er bemerkte den neugierigen Blick der Kollegin und öffnete die Datei. In aller Ruhe las er das PDF-Dokument durch. Als er das Handy sinken ließ, hielt Hilka Martens es nicht mehr aus.

»Und?«, fragte sie ungeduldig.

Er hätte sie ein wenig länger zappeln lassen können, doch er entschied sich dagegen.

Okay, ihr gemeinsamer Start war holprig verlaufen. Vorsichtig ausgedrückt. Aber im Grunde genommen fand er die Sache mit der Pfütze inzwischen eher komisch. Wenn man vom Fund der Leiche absah.

»Behrend ist zweifelsfrei ertrunken«, erklärte er. »Allerdings ist anzunehmen, dass er infolge hohen Blutverlusts bewusstlos geworden ist, denn er weist nicht nur eine Stichverletzung am Rumpf auf, sondern zwei. Auf jeder Seite eine.«

Axel scrollte den Bericht weiter runter.

»Laut der Gerichtsmedizinerin verlaufen die Stichkanäle nicht gerade, sondern gebogen«, fuhr er fort. »Egal, was Behrend getroffen hat, es kann keine herkömmliche Stichwaffe gewesen sein. Sie vermutet ferner, dass die Verletzung auf der rechten Seite, die auch den unteren Lungenflügel durchbohrte, über kurz oder lang bei Nichtbehandlung zum Tode geführt hätte.«

Axel wandte sich der Kollegin zu. »Sie hatten übrigens recht.«

»Womit?«, fragte sie stirnrunzelnd.

Er lächelte schmal. »Mit den übrigen Verletzungen im Gesicht. Dr. Willers stimmt Ihnen zu. Behrend war wohl tatsächlich vor dem Sturz ins Wasser in einen Kampf verwickelt. Er ist geschlagen worden, hat aber auch ausgeteilt, wie es aussieht.«

»Ha«, rief Hilka Martens aus. »Wusste ich's doch.«

Motorengeräusch beendete die Unterhaltung. Ein weißer Kastenwagen bog in die Straße ein und hielt direkt neben ihnen. Auf der Seite prangte der Name des Schlüsseldienstes. Das Warten hatte ein Ende.

Ein baumlanger Mann in dunkelblauem Overall stieg aus. Die Polizisten folgten dem Beispiel. Der Regen durchnässte sie praktisch von einer Sekunde auf die nächste. Nach einer kurzen Begrüßung wandten sie sich gemeinsam der Eingangstür zu, vor der sich der Schlosser hinkniete.

»Ein simples Profizylinderschloss«, brummte er und schob sein Käppi in den Nacken. »Keine große Herausforderung.«

Es dauerte nicht einmal dreißig Sekunden, da schwang die Tür auf.

Ludger Vogt bildete die Vorhut. Axel trat hinter ihm in den Türrahmen und drückte den Handwerker beiseite. Der Mann hatte sich vorgebeugt und sah dem Polizeihauptmeister hinterher.

Ein ganz neugieriger Zeitgenosse, dachte er mit bitterem Humor. Er wurde jedoch ansatzlos wieder ernst.

»Bleiben Sie zurück«, sagte er laut. »Warten Sie hier. Vielleicht gibt es da drinnen weitere verschlossene Türen.«

Der Handwerker nickte stumm. Die Worte hatte er gehört, dabei aber den Hinweis mit dem »Zurückbleiben« nicht begriffen. Er schob sich erneut ins Innere des Hauses.

Diesmal schritt Hilka Martens ein und drückte dem baumlangen Mann die Handfläche gegen die Brust. Mehr war nicht nötig. Dieses Mal verstand er den Wink mit dem Zaunpfahl.

»Frau Martens, behalten Sie den Herrn im Auge und bleiben Sie kurz hier zurück.«

Den entrüsteten Blick der Kollegin erahnte Axel nur. Er bekam ihn nicht mit, denn er hatte sich bereits umgewandt und folgte Vogt. Ein Schnauben – wahrscheinlich verächtlich gemeint – erklang hinter ihm. Trotz der Anspannung, die sich in ihm ausgebreitet hatte, vermochte er sich ein kurzes Grinsen nicht zu verkneifen.

Vor ihm lag ein dunkler Flur, in dem es muffig-süßlich roch. Der Duft hing schwer in der Luft und legte sich sofort auf die Zunge, sodass man ihn auch schmeckte. Ludger Vogt, der am Fuße einer gewundenen Treppe stand, gab ein deutliches »Bäh« von sich.

Axel blieb neben ihm stehen. Er hatte die Dienstwaffe im Holster gelockert. Es war möglich, dass Harmsen hier lauerte und aus dem Hinterhalt angriff.

Der Oberkommissar holte tief Luft. »Harmsen, hier ist die Polizei. Kommen Sie mit erhobenen Händen raus.«

Keine Reaktion.

Axel sah zu Vogt, der mit den Schultern zuckte, dann zu Hilka Martens, die in der offenen Tür stand und hineinlugte.

»Harmsen, ich meine es ernst, kommen Sie raus. Hände gut sichtbar in die Höhe gestreckt.«

Es blieb still. Nur der schnaufende Atem des beleibten Kollegen an seiner Seite war zu hören.

Ludger deutete wortlos nach oben. Axel nickte ihm zu. Mit einer Behändigkeit, die man einem Mann dieses Umfangs nicht zugetraut hätte, ließ Vogt die Stufen hinter sich, während sein Vorgesetzter ihm den Rücken deckte.

Der Polizeihauptmeister öffnete Türen und sah sich um. Er kehrte auf die Treppe zurück und schüttelte den Kopf.

Dann also weiter im Erdgeschoss.

Axel schritt voraus. Er gelangte zu zwei Türen, die aus dem Flur führten. Eine der beiden war nur angelehnt. Dahinter lag die Küche, in der ein wahres Chaos herrschte.

Dreckiges Geschirr stapelte sich in der kleinen Spüle. Auf manchen der Teller schimmelte es vor sich hin. Pizzakartons und leere Plastikflaschen lagen überall auf dem Tisch, der Eckbank und dem Fußboden verstreut. Verkrustete Essensreste schienen die Ursache für den ekligen Gestank zu sein.

Axel beließ es bei einem kurzen Blick in die Küche. Hier war niemand. Der Raum war zu klein, als dass sich jemand hätte verstecken können.

Die zweite Tür führte in einen Wohnraum, der überraschend groß war. Er diente ebenso als Schlafzimmer, denn ein Klappbett war in der Mitte aufgebaut. Auch hier lagen überall Pizzakartons und Hamburgerschachteln herum.

Zwei Tische standen neben der einfachen Liegestatt.

»Donnerwetter«, flüsterte er, als er erkannte, was darauf ausgebreitet lag.

Goldene Münzen stapelten sich, daneben lagen diverse Schmuckstücke. Ringe, Armbänder und Ketten. So etwas hätte er in einer Behausung wie dieser nicht vermutet.

Ein leiser Pfiff erklang an der Wohnzimmertür. Axel und Ludger fuhren zusammen.

Hilka Martens war ihnen gefolgt und betrat den Raum. Sie besah sich die Fundsachen und griff nach einem Bündel Geldnoten. Es war schnell gezählt.

»Das sind fünftausend Euro«, sagte sie und wedelte mit den Scheinen.

Vogt deutete auf einen weiteren Stapel.

»Das dürften noch einmal mindestens ein- oder zweitausend sein, schätze ich.«

Die Kommissarin ließ das Bündel auf den Tisch fallen, auf dem zudem zwei gerahmte Gemälde lagen, die nur halb so groß wie ein DIN-A4-Blatt waren.

»Was meinen Sie?«, fragte Axel die Kollegin. »Ob die auch wertvoll sind?«

Hilka Martens zuckte mit den Schultern.

»Keine Ahnung, aber die anderen Gegenstände sind es auf jeden Fall.«

Sie nahm einen der Ringe vom Tisch und sah ihn sich genauer an.

»Wie ich mir dachte. Kein Silber. Weißgold. Außerdem ist der eingefasste Stein ein echter Diamant.«

Axel verschränkte die Arme vor der Brust und schüttelte den Kopf.

»Christel Behrend scheint richtiggelegen zu haben. Mike Harmsen hat wohl wieder krumme Touren gefahren.«

»Und das hier«, fügte die Kommissarin hinzu, »ist anscheinend die Ausbeute.«

»Messerscharf kombiniert, Frau Martens. All diese kleinen Fundstücke dürften bereits ausreichen, um Herrn Harmsen in echte Schwierigkeiten zu bringen. Ich glaube, es würde sogar reichen, um seine Bewährung platzen zu lassen. Rufen Sie doch bitte beim Präsidium und der Spurensicherung an. Vielleicht finden wir noch mehr Interessantes.«

»Wie das hier?«, erklang es aus dem hinteren Teil des Raumes.

Die beiden Kommissare wandten sich um. Ludger Vogt stand neben einem kleinen Beistelltisch. Das Klappbett hatte ihn von ihrer Position aus verdeckt.

Der Polizeihauptmeister hielt ihnen ein etwa zehn Zentimeter langes, ausgefahrenes Springmesser entgegen.

»Durchaus belastendes Material, wie ich finde«, meinte Vogt.

»Na, da scheint sich der Verdacht von Frau Behrend immer mehr zu erhärten«, murmelte Axel.

Drei weitere Stichwaffen lagen auf dem kleinen Tisch verteilt. Zwei Butterfly- und ein Einhandmesser.

»Und damit wird es wirklich eng für den guten Mike. Leiten wir doch schnellstmöglich eine Fahndung ein.«

Hilka zögerte nicht. Sie griff nach ihrem Smartphone und rief im Präsidium an, um alles Notwendige einzuleiten. Vogt legte das Messer zurück und verließ den Raum, um das Obergeschoss zu untersuchen.

Axel blieb vor dem Tisch mit all den Kostbarkeiten stehen, bei denen es sich zweifelsohne um Diebesgut handelte. Er betrachtete sie nachdenklich.

Der Fall entwickelte sich rasant und bot mittlerweile viele Spuren.

Doch das schmeckte ihm nicht.

Es waren *zu viele*.

10. Kapitel

»Sie gehen ins Büro zurück«, sagte Axel Groot. »Wir müssen wissen, wo und wann all die Sachen gestohlen worden sind. Sie haben die Schmuckstücke und die Bilder doch fotografiert, oder?«

Hilka widerstand der Versuchung, die Augen zu verdrehen.

»Aber natürlich«, antwortete sie zuckersüß. »Ich habe jedes Stück mehrfach fotografiert.«

»Gut, dann fahre ich zum Vereinshaus des Vereins für …«

Der Oberkommissar unterbrach sich. Er dachte wohl kurz darüber nach, wie man einen solchen Satz ohne Versprecher beendete, und winkte ab.

»Also, ich fahre zu Behrends Vereinshaus. Zurzeit soll da laut Internet geöffnet sein. Ich werde mich mal umhören.«

»Meinen Sie, dass das was bringt?«

Groot hob die Schultern. »Der Mann war ansonsten ziemlich unauffällig. Nur dieses Hobby ragt aus Behrends Deckmantel der Normalität hervor.«

»Sehr schön. Sie haben eine poetische Ader«, meinte Hilka und öffnete die Beifahrertür. Ludger Vogt war längst ausgestiegen und ins Präsidium zurückgekehrt.

Sie schwang sich ins Freie und stieß den Wagenschlag zu. Groot gab Gas und der Dienstwagen rauschte davon.

Früher hätte sie die Frage nach den Fotos auf die Palme gebracht. Jedenfalls, wenn sie so reagiert hätte wie seinerzeit auf ihrer alten Dienststelle in Hamburg.

Dort hatte ein ausgesprochen rauer Umgangston geherrscht. Sie war von ihren fast ausschließlich männlichen Kollegen nie mit Samthandschuhen angefasst worden. Für Hilka überhaupt kein Problem. Dank ihrer Zähigkeit und ihrer verbalen Schlagfertigkeit hatte sie sich binnen kürzester Zeit einigen Respekt verdient.

Bei Groot fühlte sie sich anders. Sicher, sie kannte ihn erst seit ein paar Stunden und erlaubte sich daher kein endgültiges Urteil über ihn, dennoch imponierte er ihr. Er zauderte nicht, sondern war jemand, der zupackte und handelte, wenn es darauf ankam.

Außerdem schien er bereit zu sein, Dienstvorschriften etwas lockerer auszulegen, was er bewiesen hatte, als sie den Durchsuchungsbefehl besorgt und die Vorgänge beschleunigt hatte.

Nachdenklich betrat Hilka das Gebäude. In der großen Amtsstube standen Vogt, Dyssen und die phlegmatisch anmutende Kollegin, von der sie bislang nur den Vornamen kannte.

Die drei unterhielten sich. Nein, wohl eher nur die beiden Männer, denn Okka schaute stumm zu den Pflanzen auf dem Fensterbrett.

Es wurde schlagartig still, als die Kommissarin eintrat.

»Stimmt irgendwas nicht?«, fragte sie. Sie kam sich wie eine Lehrerin vor, die ihre Schüler bei irgendwelchem Blödsinn erwischt hatte.

»Nein, nein, wirklich nicht«, antwortete Vogt und rückte den Hosenbund zurecht. Sein immenser Bauch erschwerte das Unterfangen, denn er drückte das Koppel immer wieder nach unten.

»Ich habe Rainer nur gerade gesagt, dass er wahrscheinlich gleich gebraucht wird.«

»Und wieso, wenn ich fragen darf?«

Dyssen rieb sich den Nacken. Ganz offensichtlich eine Geste der Verlegenheit.

»Nun, es ist so, dass man mich allgemein den ›Computerflüsterer‹ nennt«, erklärte er und grinste schief.

»Wie darf ich denn das verstehen?«

»Ich bin zwar nicht offiziell als Computerexperte eingestellt worden, aber ich kenne mich, bei aller Bescheidenheit, wirklich gut in allen IT-Angelegenheiten aus.«

Vogt nickte zur Bestätigung. »Das ist noch eine Untertreibung. Im letzten Jahr kamen die IT-Spezialisten aus Hannover und wollten ein paar Updates installieren.«

Das Wort Updates sprach er »Ubdaates« aus, was ein Lächeln auf Hilkas Lippen zwang.

»Die Kollegen sind angeblich die Besten der Besten, so hat man es uns versprochen. Aber irgendwie haben sie's dann doch … verzeihen Sie den Ausdruck … verkackt.«

»Was ist denn passiert?«

»Tja, die haben zwar die richtige Software installiert«, erklärte Dyssen, »aber dabei kam es zu einigen widersprechenden Execute-Befehlen der einzelnen Treiber und das …«

»Bitte keine Fachausdrücke«, stöhnte die Kommissarin. »Ich weiß, wie ich meinen Computer ein- und ausschalten kann, zu mehr reicht es bei mir nicht.«

Sie stapelte tief. Ganz so inkompetent war sie im Umgang mit ihrem Rechner nicht.

»Klar, bitte entschuldigen Sie«, erwiderte Dyssen. Die Ohren verfärbten sich fast so rot wie seine Haare. »Auf jeden Fall brach das ganze Netzwerk zusammen. Nichts ging mehr. Sogar die Telefonanlage funktionierte nicht mehr richtig.«

»Oje, das hat bestimmt Ärger gegeben, was?«

»Hätte es, aber Rainer hat's hinbekommen.«

Fast wäre Hilka zusammengezuckt. Unvermittelt hatte sich Okka in die Unterhaltung eingeschaltet. Ihre tiefe Stimme, die wie die eines verkappten Baritons klang, dröhnte regelrecht durch das Büro.

Verdammt, sie trägt kein Namensschild. Wie lautet ihr Nachname?

Dyssen lenkte ihre Überlegungen wieder in andere Bahnen.

»Okka hat schon recht. Wie gesagt: Ich bin bestimmt nicht überheblich oder so, aber ich habe mich an die Arbeit gemacht, als die Kollegen völlig entnervt in die Kaffeepause gingen, und hab's hinbekommen.«

»Das ist wirklich bemerkenswert, Herr Dyssen«, erwiderte Hilka. »Aber so anspruchsvoll ist das, was ich vorhabe, wirklich nicht. Das bekomme ich hin.«

Der junge Kollege lächelte verschmitzt. »Ich würde trotzdem gerne helfen.«

Sie überlegte einen Moment und nickte dann. »Okay, das ist wirklich nett von Ihnen.«

Schnell erklärte sie ihm, was anlag. Sie schickte die Handyfotos an Dyssens Computerstation.

»Ist schon so gut wie erledigt«, rief er dienstbeflissen und nahm Platz, um das Versprechen einzulösen.

Schmunzelnd stieg Hilka in den ersten Stock und beschloss, sich fünf Minuten Kaffeepause zu gönnen. Gerade als das braune Gold durchgelaufen war, räusperte sich jemand hinter ihr.

Sie drehte sich um. Eine zierliche Frau mit eisgrauem Haar, das zu zwei langen Zöpfen geflochten war, stand vor ihr und sah sie fragend an.

»Ist Axel … ich meine, Herr Groot gar nicht da?«, fragte sie mit einer der melodischsten Stimmen, die Hilka jemals gehört hatte.

»Nein, der ist gerade … er ist unterwegs.«

Sie setzte ein – hoffentlich – freundliches Lächeln auf. »Kann ich Ihnen vielleicht helfen? Ich bin Hilka Martens, Herr Groots Kollegin.«

»Ach, Sie sind das?« Die Besucherin erwiderte das Lächeln. Sie trat vor und streckte die rechte Hand aus. In der anderen hielt sie einen geflochtenen Korb, dessen Inhalt mit einem blau-weiß karierten Tuch bedeckt war.

»Ich bin Charlotte Thaler, Axels Haushälterin, wenn Sie so wollen.« Das Lächeln wurde noch eine Spur breiter. »Sie dürfen gerne Charlie zu mir sagen.«

11. Kapitel

Das Haus des »Vereins zur Wahrung der historischen Wahrheit« lag südlich in der Gerberstraße.

Es war ein wuchtiges, zweigeschossiges Gebäude. Dunkle Backsteinmauern vermittelten einen alten, aber soliden Eindruck. Ein breiter Schornstein ragte aus dem mit Schindeln belegten Krüppelwalmdach empor. Fünf große Fenster auf der Frontseite starrten Axel im grauen Licht des wolkenverhangenen Tages wie stumpfe Augen entgegen.

Düster wuchs der Bau in die Höhe, eingerahmt von kräftig gewachsenen Eichen. Er strahlte dabei eine gewisse Bedrohlichkeit aus. Der Oberkommissar wurde unwillkürlich an ein geheimnisumwittertes Landhaus aus einem altmodischen englischen Kriminalroman erinnert.

Er blieb neben einem Schild stehen, auf dem der Name des Vereins stand. Es war mit einem Metallgestänge in den von sorgsam gemähtem Rasen bedeckten Boden eingelassen. Die Konstruktion erzitterte, weil der kräftige Wind daran rüttelte.

Axel näherte sich der Eingangstür und drückte den Klingelknopf, unter dem eine Platte angebracht worden war. Darauf stand: »Einlass nur mit Voranmeldung«.

Welch freundliche Wortwahl.

Ein hoher, melodischer Ton erklang im Inneren des Gebäudes. Es dauerte nur ein paar Sekunden, bis sich eine Männerstimme meldete.

»Moment, ich komme sofort. Einen Augenblick.«

Ein mittelgroßer Mann mit glänzender Stirnglatze und rotblondem Haarkranz öffnete die Tür. Er trug einen grauen Arbeitskittel und lächelte.

»Guten Tag«, der Klang der Stimme legte nahe, dass die Freundlichkeit nicht aufgesetzt war.

»Guten Tag«, erwiderte Axel. »Mein Name ist Groot, ich komme von der Kriminalpolizei.«

Er zeigte seinen Dienstausweis. Das Lächeln des Gegenübers vereiste an den Mundwinkeln, das Leuchten in den Augen wurde schwächer und der Mann wich einen Schritt zurück.

»Polizei? Ist etwas passiert?«

Der Blick ruhte, wie festgehaftet, auf dem Ausweisdokument.

»Allerdings, Herr …«

»Erhardt«, vervollständigte der Angesprochene. »Norbert Erhardt.«

»Tja, Herr Erhardt, leider haben Sie recht, es ist etwas passiert.«

Axel steckte den Ausweis weg und verschaffte sich so ein paar Sekunden Schonzeit. Es war nie einfach, jemanden über den Tod eines Menschen zu informieren. »Herr Behrend ist tot. Er ist in der vergangenen Nacht in der Nordsee ertrunken.«

Erhardts buschige Augenbrauen hoben sich. »Wie war das bitte? Behrend ist tot?«

»Ja, ohne jeden Zweifel. Seine Tochter hat ihn bereits identifiziert.«

Es folgte kein Zusammenbruch, aber ungerührt blieb der Mann im grauen Kittel nicht. Er wischte sich über den kahlen Schädel und lehnte mit dem Rücken gegen den Türrahmen.

»Das ist wirklich der Hammer. Unfassbar.«

»Dürfte ich vielleicht reinkommen, mich umsehen und ein paar Fragen stellen?«

Erhardt zuckte zusammen. »Natürlich, aber denken Sie denn, dass sein Tod mit dem Verein in Verbindung steht?«

Axels Antwort blieb vage. »Zu diesem Zeitpunkt halte ich alles für möglich.«

»Aber Sie erwähnten, dass Herr Behrend ertrunken ist.«

»Es gibt Anzeichen von Fremdeinwirkung. Wir kennen noch nicht alle Einzelheiten.«

Erhardt wandte sich ab und betrat das Gebäude. Axel folgte ihm. Muffiger Geruch schlug ihm entgegen. Altes Papier gab dieses spezielle Aroma von sich.

Na klar, der Verein besitzt laut Internetseite ein riesiges Archiv.

»Kommen Sie. Wir gehen in den Leseraum.«

Erhardt führte den Oberkommissar durch eine geräumige Eingangshalle. An den Wänden hingen Bilder, die Norden in verschiedenen Epochen darstellten.

Sie durchquerten einen Durchgang. Dahinter lag ein behagliches Zimmer mit einem halben Dutzend Tischen. Bequeme Stühle luden zum drauf Platznehmen ein. Überall standen hölzerne Buchregale, die bis unter die Decke reichten. An zwei Stellen waren altertümliche Karten angebracht, die den Küstenverlauf Ostfrieslands im späten siebzehnten Jahrhundert darstellten. Der Papiergeruch war in diesem Raum intensiv, aber nicht unangenehm.

»Ich bin beeindruckt«, sagte Axel. Er fühlte sich an Zeiten erinnert, in denen er als junger Bengel andächtig die Schulbibliothek betreten hatte.

»Ja, wir sind sehr stolz auf unsere Sammlung«, erwiderte Erhardt. Er nahm ächzend an einem der Tische Platz. »Wir alle, aber ganz besonders Herr Behrend, haben in den letzten Jahren … ach was, Jahrzehnten, sehr viel Zeit und Mühe aufgewendet, um das alles zusammenzutragen.«

Axel ließ sich ihm gegenüber nieder und musterte ihn eingehend. Der Mann sah erschöpft aus.

Dunkle Ringe hatten sich um seine Augen gelegt. Die rosige Färbung der Haut war einer wächsernen Blässe gewichen.

»Der Tod von Herrn Behrend geht Ihnen nahe«, stellte Axel fest.

»Natürlich, Herr Kommissar. Was meinen Sie denn?« In den letzten Worten lag klare Entrüstung.

»Tut mir leid. Ich wollte Ihnen nicht zu nahe treten«, entgegnete er daher.

Erhardt winkte ab. »Schon gut, ich denke, Sie tun nur Ihre Arbeit, aber natürlich geht es mir nahe, wenn ein Mann, den ich seit knapp dreißig Jahren kenne, so mir nichts, dir nichts verstirbt.«

Er deutete mit dem Zeigefinger auf Groot. »Und wenn Sie mir zusätzlich erzählen, dass jemand dabei die Finger im Spiel haben könnte, dann macht mich das richtig fertig.«

Axel entdeckte weder in den Worten noch im Klang der Stimme oder in der Körperhaltung Spuren von Unehrlichkeit. Natürlich maßte er sich nicht an, unfehlbar zu sein. Aber er war Profi genug, um zu erkennen, ob jemand ein schlechtes Gewissen hatte. Erhardt war frustriert und fühlte sich niedergeschlagen, das war offensichtlich. Er schien sich jedoch keiner Schuld bewusst.

»Worin lag Herr Behrends Funktion hier, oder nein …«, Axel unterbrach sich und schüttelte den Kopf, »was tut dieser Verein überhaupt? Ich konnte den Eintrag im Internet nur kurz überfliegen.«

»Nun, es ist so, dass Herr Behrend den Verein vor fünfunddreißig Jahren gründete«, erklärte Erhardt. »Es war ihm ein großes Anliegen, die ostfriesische Geschichte – im Speziellen die von Norden und seiner Umgebung – an Interessierte weiterzugeben.«

Er atmete schwer und wischte sich mit einem Taschentuch Schweißperlen von der Stirn. »Es hat ihn in jungen Jahren sehr erschüttert, wie nachlässig andere Kulturvereinigungen mit dem historischen Erbe dieses Landes umgegangen sind. Wie sich Fehler einschlichen und weitergegeben wurden.«

»Also beschloss er, die Historienpflege in die eigenen Hände zu nehmen«, mutmaßte Axel, obwohl er die Antwort schon kannte.

»Ja, und egal was man über ihn sagen mag, was das anbelangt, war er ein echter Könner.«

»Was meinen Sie damit, wenn Sie sagen: ›egal, was man über ihn sagen mag‹?«

»Na ja, wie das halt so ist«, wand Erhardt sich. Es war ihm unangenehm, dieses Thema weiter auszubreiten.

»Das ist mir zu allgemein«, hakte Axel nach. »Gab es Leute, die hinter Behrends Rücken über ihn sprachen oder sogar intrigierten?«

Erhardt schwieg zunächst. Es arbeitete ihn ihm. Offenbar war das Thema ein Wespennest, in das nicht gestochen werden durfte.

»Es ist ja kein Geheimnis, dass Herr Behrend nicht immer … wirklich gut bei anderen Menschen ankam. Er … ja, er war halt schwierig und manchmal auch … leicht reizbar.«

»Bei was für Angelegenheiten?«

»Wenn Mitglieder des Vereins Recherchen durchführten, zum Beispiel für Zeitungsartikel oder Berichte, stellte er das Archiv nur zu Verfügung, wenn er Mitspracherecht bei diesen Arbeiten erhielt.«

»Das sind harte Bedingungen«, entgegnete Axel.

»Er war der Meinung, wenn man sein Material nutzte, um etwas zu veröffentlichen, dann sollte es zumindest richtig weitergegeben werden.«

»Und damit waren viele, die sich an ihn wandten, nicht einverstanden?«

Erhardt wiegte den Kopf. »Es ist nun einmal so, dass sich das meiste Archivmaterial, vor allem zahlreiche Originaldokumente und dergleichen, im Privatbesitz von Herrn Behrend befand. Er konnte darüber verfügen, wie es ihm gefiel.«

»Galt das für alle Unterlagen des Vereins?«

»Nein, aber Behrends Material war am aufschlussreichsten, am authentischsten. Wer fundierte Berichte verfassen wollte, kam daran einfach nicht vorbei.«

Axel rieb sich über das Kinn. Der ehemalige Geschichtslehrer hatte sich in seinem eigenen Verein nicht nur Freunde gemacht. Er hatte Druck auf zahlreiche Mitglieder ausgeübt und sie im Regen stehen lassen, wenn sie nicht spurten.

»Hat jemand ihm diese Einflussnahme so übelgenommen, dass er ihn bedrohte oder sogar angriff?«

Erhardt zuckte mit den Schultern. »Nicht, dass ich wüsste, aber ich bin eh meistens nur als Hausmeister hier unterwegs.« Er lächelte entschuldigend. »Okay, ich bin auch Mitglied, weil ich mich für Geschichte interessiere, aber mir reicht es, wenn ich die allgemein zugänglichen Unterlagen und Bücher durchstöbern kann.«

Nach wie vor hatte Axel den Eindruck, dass er nicht angelogen wurde. »Okay«, meinte er, nachdem er die neuen Erkenntnisse gedanklich geordnet hatte. »Trotzdem brauche ich eine Liste mit den Personen, die von Behrend auf diese unschöne Weise vorgeführt wurden. Können Sie mir da weiterhelfen?«

Der Hausmeister wirkte einen Moment lang unschlüssig, doch dann nickte er. »Natürlich, ich schreibe Ihnen die Namen auf, an die ich mich erinnern kann. Ich garantiere aber keine Vollständigkeit, ja?«

Der Oberkommissar lächelte. »Selbstredend. Außerdem würde ich mich jetzt noch gerne etwas umsehen. Hatte Herr Behrend ein Büro?«

»Ja, allerdings. Das kann ich Ihnen sogar aufschließen.«

»Er hat Ihnen wohl sehr vertraut, was?«

Erhardt erhob sich vom Stuhl. Ein Schatten der Trauer legte sich auf sein Gesicht. »Allerdings. Wissen Sie, ich bin wegen meines kaputten Rückens in Frührente gegangen.«

Er drückte sich demonstrativ eine Hand ins Kreuz und kniff die Augen zusammen.

»Nun hätte ich damals einfach nur zu Hause sitzen und Kreuzworträtsel lösen können. So lange, bis ich eines Tages in die Kiste hopse.«

Er kratzte sich im rechten Ohr, schien sich die nächsten Worte genau zurechtzulegen.

»Aber Herr Behrend kam auf mich zu und bot mir diesen kleinen Posten an. Er vertraute mir und lohnte mir meine Zuverlässigkeit mit einem Schlüsselbund, der jedes Zimmer in diesem Gebäude öffnen kann.«

Wieder legte der Hausmeister eine kurze Pause ein. Bei den nächsten Worten klang seine Stimme brüchig und die Lippen zuckten. »Ist mir egal, was andere von ihm hielten. Ich mochte ihn. Er war gut zu mir.«

Erhardt wandte sich abrupt ab und verließ den Raum. Axel folgte ihm schweigend und grübelte vor sich hin. Wie es aussah, gab es möglicherweise weitere Verdächtige. Zwar war Mike Harmsen nicht vom Haken, doch das kurze Gespräch mit dem Hausmeister hatte neue Möglichkeiten angedeutet.

Sie gelangten zu einer Tür, an der ein Schild angebracht war, auf dem »Rolf Behrend – Vereinsdirektor« stand.

»Bitte schön«, meinte Erhardt und ließ die Tür aufschwingen.

Axel wollte eintreten, doch er blieb im Türrahmen wie angewurzelt stehen. Ein einziger Blick reichte aus, um ihm zu zeigen, dass er mit seiner Vermutung richtiglag.

Behrends Tod stand mit dem Verein in Verbindung.

Zwei Dinge sprangen ihm ins Auge und verrieten ihm, dass er zu spät gekommen war.

Das weit offen stehende Fenster und ein aufgebrochener Aktenschrank.

12. Kapitel

»Noch ein Stückchen, meine Liebe?«, fragte Charlie Thaler und deutete mit der Gabel auf den angeschnittenen Pflaumenkuchen, der neben der Tastatur stand.

Hilka wurde in Versuchung geführt, sich ein zweites Mal nachlegen zu lassen. Doch dann siegte das schlechte Gewissen.

»Nein, vielen Dank. Ich muss wirklich aufpassen, sonst platze ich gleich aus meinen Jeans.«

Die grauhaarige Frau prustete los. Fast stand zu befürchten, sie könne Kuchenbröckchen ausspucken, doch dem war glücklicherweise nicht so.

»Wo müssen Sie denn aufpassen? Sie sind schlank wie ein Reh. Zum Glück sind Sie dabei nicht so dürr wie eines dieser … Top-Models. Nein, nein, an Ihrer Figur stimmt alles. Lassen Sie sich das von einer Expertin sagen.«

Hilka lachte. Charlie Thaler war ein Original mit Herz und Witz.

»Aber ein Tässchen Tee darf es doch wenigstens noch sein, oder?« Sie hob die Kanne. Wie es sich für Ostfriesland gehörte, hatte sie darauf bestanden, das leckere Gebäck mit Tee statt mit Kaffee zu servieren.

Hilka nickte kauend.

»Na, wenigstens etwas«, meinte die Haushälterin ihres neuen Vorgesetzten und füllte nach.

Die Kommissarin nahm die Unterhaltung an der Stelle wieder auf, an der sie unterbrochen worden war. »Sie sagten, dass Behrends nicht besonders umgänglich war, aber im Wesentlichen mit niemandem ernsthaften Streit hatte?«

Charlie schnitt sich ein drittes Stück vom Kuchen ab, ehe sie antwortete.

»Klingt ungewöhnlich, ist aber so. Irgendwie hatten sich die Leute in Norden an seine unleidliche Art gewöhnt und beachteten ihn kaum noch. Es soll zwar einige Reibereien innerhalb des Vereins gegeben haben, aber das sind alles Gerüchte.«

Die Besucherin vom Groot-Hof erwies sich als unschätzbare Quelle für die Geschehnisse in und rund um Norden. Charlie Thaler kannte, laut eigener Aussage, so ziemlich jeden hier.

»Ich denke, Axel wird Ihnen da einiges offenbaren können, wenn er vom Vereinshaus zurückkehrt«, sagte sie und trank einen Schluck Tee.

»Gute Überleitung: Das Gebäude gehörte wirklich Behrend?«, hakte Hilka nach und nahm ihren Notizblock vom Schreibtisch.

»Allerdings«, entgegnete Charlie. Sie stellte den Teller beiseite und wischte sich mit einer Serviette die Mundwinkel ab. »Er hat ein kleines Vermögen von seinen Eltern geerbt und das Haus davon bezahlt. Kurze Zeit später gründete er den Verein und gab ihm diesen spinnerten Namen.«

Sie gab einen abschätzigen Zischlaut von sich und verdrehte die Augen. »Sehr zum Leidwesen seiner Schwester übrigens.«

Hilka horchte auf. »Wie meinen Sie das?«

»Och, das hätte ich beinahe vergessen«, entfuhr es ihrer Besucherin. »Ich werde halt auch nicht jünger.«

Jetzt machte die Kommissarin ein Kompliment, was ihr nicht schwerfiel. »Ich bitte Sie. Sie dürfen noch lange nicht von Alter sprechen. Sie sind so kernig und energiegeladen wie manch Zwanzigjährige nicht.«

Charlie winkte ab. »Sehr nett, dass Sie das sagen, aber mein morgendlicher Blick in den Spiegel verrät mir jedes Mal die Wahrheit. Aber lassen wir das jetzt.«

Sie schürzte die Lippen und dachte einen Moment lang nach, ehe sie weitersprach. »Also, Behrend erbte einen ganzen Batzen Geld von seinen Eltern. Astrid, seine Schwester, wurde mit einigen Aktien abgespeist. Die erwiesen sich ein paar Jahre später als böser Flop. Sie war der Meinung, ein Teil vom Erbe ihres Bruders würde ihr zustehen, aber ihr Versuch, etwas davon einzuklagen, scheiterte.«

»Sie hat gegen ihren Bruder geklagt?«, fragte Hilka. Charlies Infos waren Gold wert. Auf diese Weise sparte sie sich aufwändige Hintergrundchecks.

»Sie wurde gnadenlos abgeschmettert«, lautete die süffisante Antwort. »Das Testament der Eltern war unanfechtbar. Wenig später ging sie von hier weg, aber nicht, ohne ihrem Bruder zu drohen.«

»Tatsächlich?«

»Oh ja, es gab einige Zeugen und die Sache war für die nächsten Tage das Gesprächsthema Nr. 1 in der ganzen Umgebung.«

Hilka sank auf ihrem Stuhl zurück. Sie leerte die Tasse und starrte auf die Notizen in ihrer Hand. Mit dem, was sie in der letzten halben Stunde erfahren hatte, ließ sich definitiv etwas anfangen. Es reichte zumindest für Nachforschungen hinsichtlich der Schwester.

»Ich danke Ihnen, Charlie. Sie haben mir sehr geholfen.«

»Nichts zu danken. Wissen Sie, wer wie ich jahrelang in einem Buchgeschäft in Norden gearbeitet hat, der bekommt zwangsläufig einiges mit.«

Hilka lächelte nickend. Eine Erwiderung lag ihr auf der Zunge, doch das Klingeln des Telefons fuhr ihr in die Parade.

»Einen Moment«, bat sie.

Sie fühlte sich entspannt. Das Gespräch mit Charlie Thaler hatte sich nicht nur als ergiebig erwiesen, es war eine Wohltat gewesen. Die Dame mit dem spitzbübischen Lächeln war ein wundervoller Mensch.

Vielleicht war die Versetzung nach Ostfriesland doch nicht so schlimm.

Sie hob ab und meldete sich.

Das, was sie zu hören bekam, ließ alle Entspannung von ihr abfallen. Die Nachricht schlug ein wie eine Bombe.

Sie stürzte keine Minute später aus dem Polizeipräsidium. Jedoch nicht, ohne sich von ihrem Gast verabschiedet zu haben.

13. Kapitel

Die Szenerie erinnerte an ein Filmset.

Ein Polizeiwagen und ein Notarztwagen standen mit flackernden Blaulichtern am Straßenrand. Es herrschte reges Treiben zwischen den Fahrzeugen.

Uniformierte Polizisten in fluoreszierenden Westen wuselten umher. Zwei von ihnen regelten den Verkehr. Es gab in beide Richtungen kleine Staus, was kein Grund zur Sorge war. Alles schien unter Kontrolle zu sein.

Als Axel näher kam, trat ihm Rainer Dyssen entgegen. Er lotste ihn zu einer Stelle, an der er den Dienstwagen abstellte.

»Sind die Kollegen schwer verletzt?«, fragte er beim Aussteigen.

»Nein, zum Glück nicht«, antwortete der Polizeimeister. »Reinders hat sich die Schulter gezerrt und das Knie angeschlagen und Jührs hat eine Beule am Kopf und einen ausgerenkten Daumen. Er hat wohl das Lenkrad zu spät losgelassen. Der Arzt meint, er hat eine ganz leichte Gehirnerschütterung und muss die Nacht wohl im Krankenhaus verbringen.«

Axel nickte Dyssen zu.

»Na, Gott sei Dank«, sagte er nur und eilte zum Unfallort. Er war erleichtert, dass es den Kollegen so weit gut ging. Nach ein paar Schritten offenbarte sich ihm das ganze Ausmaß des Schlamassels, der ihn hierhergebracht hatte. Das Heck eines Polizeiwagens ragte zwischen einigen dichten Sträuchern schräg aus dem Seitengraben hervor. Die Warnblinker tickten im gleichbleibenden Rhythmus und zwei dunkle Furchen zogen sich von der Straße her direkt bis zu den Hinterrädern des lädierten Fahrzeugs.

Es war mit einem Affenzahn durch die Böschung geschossen. Zum Glück war es nicht mit der großen Platane kollidiert, die nur knapp zwanzig Meter weiter entfernt aus der Erde emporwuchs und ihre breiten Äste nach allen Seiten hin ausstreckte. In diesem Fall wären die beiden verletzten Beamten sicher nicht so glimpflich davongekommen.

Axel blieb vor der Ambulanz stehen. Um niemanden bei der Arbeit zu behindern, übte er sich in Geduld. Er hatte vor den Kollegen ein paar Fragen zu stellen, ehe man sie abtransportierte.

»Wirklich ein erstaunlicher Tag, oder?«, raunte ihm jemand von hinten ins Ohr.

Er schrak zusammen und wirbelte herum. Hilka Martens hob beschwichtigend die Hände und trat einen Schritt zurück.

»Verdammt, wollen Sie, dass mich ein Herzinfarkt dahinrafft?«, fuhr er sie an.

»Tut mir leid, aber wie Sie so dastanden, war die Versuchung einfach zu groß.«

»Gewöhnen Sie sich lieber schnell ab, solchen Versuchungen nachzugeben. Das könnte sonst übel für Sie ausgehen. Ich habe eine Zeitlang erfolgreich geboxt und ich stehe immer noch im Training.«

»Und ich kenne mich mit Taekwondo aus«, antwortete die Kommissarin. »Wir sollten mal gemeinsam trainieren. Das wäre interessant.«

Axel sparte sich eine passende Erwiderung. Er verschränkte die Arme vor der Brust und erkannte innerlich an, dass die neue Kollegin sich ihm unbemerkt genähert hatte. Das schaffte nicht jeder.

»Haben Sie mit den Kollegen sprechen können?«, fragte er.

Die Kommissarin nickte, zückte ihr Notizbüchlein und setzte sich die Lesebrille auf.

»Der Notarzt war so freundlich, mich vorzulassen«, erklärte sie. »Herr Reinders und Herr Jührs fuhren regulär Streife. Es war die Nachmittagstour, die sie aus Norden herausführt, und zwar …«

»Bitte nur das Wesentliche. Die beiden haben Mike Harmsen gesehen?«

»Ja, er fuhr auf einem Motorrad an ihnen vorbei. Der Fahndungsaufruf war noch ganz frisch, deshalb haben sie ihn auch sofort erkannt. Ein rotes Motorrad mit schwarzem Tank. Jührs sagte, es sei eine Intruder gewesen.«

»Und dann haben sie ihn verfolgt«, folgerte Axel.

»Korrekt. Sie folgten ihm, aber dazu mussten sie wenden, was wohl seine Aufmerksamkeit erregte. Er gab Gas und jagte davon. Die Kollegen versuchten mitzuhalten und …«

»… kamen auf der regennassen Straße von der Fahrbahn ab. Zum Glück nur mit minimalen Verletzungen.«

»Richtig. Leider ist Harmsen über alle Berge. Und da wir nicht wissen, wohin er wollte oder von wo er kam, haben wir im Augenblick keinen Anhaltspunkt, wo nach ihm zu suchen wäre.«

»Ja, sehr ärgerlich«, stimmte Axel zu. »Aber zumindest ist das ein Hinweis, dass er sich noch in der näheren Umgebung befindet. Allerdings gibt es mehr als genug Möglichkeiten, sich zu verstecken. Erweitern Sie den Fahndungsradius und fügen Sie eine Beschreibung des Motorrads hinzu. «

»Schon geschehen. Zum Glück konnte sich Reinders noch an das Nummernschild erinnern. Die Intruder ist auf Harmsen zugelassen.«

Axel sah zur Ambulanz. Das Gespräch mit den verletzten Kollegen hatte sich für ihn erübrigt. Hilka Martens hatte schnell reagiert. Sie hatte ihn vom Präsidium aus benachrichtigt, sodass er direkt vom Vereinshaus hierher gekommen war.

»Hat sich etwas beim ›Verein für historische Wahrheit‹ ergeben?«

Die Frage der Kollegin riss Axel aus den Gedankengängen. Er blinzelte sich in die Gegenwart zurück. »Oh ja, kann man wohl sagen. Außerdem hat mein Besuch dort den Kollegen der Spurensicherung weitere Arbeit beschert.«

»Wie denn das?«

Axel lächelte. Er freute sich darüber, einen kleinen Wissensvorteil zu besitzen.

»Der Hausmeister hat mir ein paar Interna verraten. Einige davon könnten vielleicht noch zu Spuren werden, wobei das aber nur eine Vermutung von mir ist. Auffälliger ist aber der Umstand, dass jemand in Behrends Büro eingebrochen ist und seinen Laptop gestohlen hat. Ach ja, und einige Akten aus einem Schrank.«

»Wow, die Überraschungen reißen nicht ab«, erwiderte Hilka Martens. »Wer hätte damit gerechnet, dass sich der Fall dermaßen schnell entwickelt?«

Axel zuckte mit den Schultern. »Ich nicht, ganz ehrlich gestanden.«

»Wie geht es jetzt weiter?«

»Tja, ich denke, wir lassen die Fahndung zunächst für uns arbeiten und machen für heute Schluss. Es ist auch schon spät und wir beide sind eigentlich noch gar nicht offiziell im Dienst.«

Er grinste schief.

»Wir fahren nach Hause. Ich mache einen kurzen Umweg über das Präsidium und schreibe einen ersten Bericht in Kurzform. Morgen geht's dann in die zweite Runde. Wir müssen dann mehr über die Vereinsmitglieder herausfinden, und ob es da tatsächlich irgendwelche möglichen Motive gibt. Vielleicht kann uns auch jemand erklären, welche Akten gestohlen wurden. Herr Erhardt wusste es leider nicht.«

»Außerdem sollten wir die Schwester des Toten durchleuchten«, schlug Hilka Martens vor. »Charlie hat mir einiges über die Familie Behrend erzählt.«

»Sie haben mit Charlie gesprochen?«, entfuhr es Axel. Diese Frau schaffte es immer wieder, ihn zu überraschen.

»Ja, sie kam aufs Präsidium und wollte Ihnen Kuchen bringen. Pflaumenkuchen übrigens, sehr lecker. Dabei sind wir ins Gespräch gekommen und sie hat mir genug in die Hand gegeben, was zumindest eine dezente Recherche rechtfertigt.«

Axel überlegte einen Moment. Das flackernde Blaulicht tauchte das Gesicht seiner Kollegin immer wieder in einen fahlen, geisterhaften Schein.

»Einverstanden. Aber für heute ist es erstmal genug. Sollte sich was ergeben, können uns die Kollegen von der Bereitschaft Bescheid geben.«

Hilka Martens nickte. Es wirkte widerwillig, aber offensichtlich war auch sie erschöpft.

»Okay, machen wir morgen weiter.«

Sie klappte ihr Notizbuch zu und nahm die Brille ab.

»Bis dahin, Herr Groot«, verabschiedete sie sich und wandte sich um.

Axel sah ihr einen Augenblick lang nach. Ein ungutes Gefühl bohrte sich ihm wie ein Splitter aus Eis in die Brust. Er kannte dieses Gefühl von zahlreichen früheren Gelegenheiten und wusste, was es bedeutete.

Ärger lag in der Luft.

Sehr viel davon …

14. Kapitel

Wenn es etwas gab, worauf Hilka sich verließ, dann war es ihr Instinkt. Seit sie vor zehn Jahren zur Polizei gekommen war, hatte dieser sie nie im Stich gelassen.

Als sie den Golf nach Norden lenkte, dachte sie an den Bericht des Streifenpolizisten. Harmsen war ihnen auf dem Motorrad entgegengekommen. Er war stadteinwärts gefahren und hatte erst beschleunigt, als die Sirene erklungen war. Vorher hatte er sich an die Geschwindigkeitsbegrenzung gehalten.

In Hilkas Verstand fingen Bilder und Fakten an, wie Ameisen durcheinanderzulaufen. Sie wuselten umher und formten Fragen. Wohin war Harmsen gefahren? Was war sein Ziel gewesen?

War es logisch, dass er sich nach Norden begab, wenn er mit dem Tod von Rolf Behrend zu tun hatte? Oder hatte er nicht damit gerechnet, dass Christel seinen Namen bei einem Verhör nennen würde? War er so leichtsinnig?

In Harmsens Akte gab es neben der Auflistung aller Straftaten ein Gutachten, das der psychologische Dienst der JVA Oldenburg erstellt hatte. Darin hieß es, dass er kein Genie war, aber doch überdurchschnittlich intelligent.

Er hatte sich in der Zeit vor seiner letzten Festnahme zurückgezogen, war förmlich vom Radar verschwunden. Nur der Hinweis eines überführten Mittäters hatte zur Verhaftung geführt. Kurzum, es passte nicht zu Harmsens Verhaltensmuster, sich nach einer Straftat nicht zu verstecken. Nein, ganz und gar nicht.

Hilka fragte sich, ob Groot ähnliche Gedanken gekommen waren, oder ob sie damit im Moment alleine stand. Sie war versucht, ihren Vorgesetzten anzurufen. Aber der Instinkt in ihr riet davon ab.

Wahrscheinlich würde er mich abwimmeln und mir sagen, dass ich mich ausruhen soll.

Vielleicht hätte er damit recht gehabt, doch müde war sie im Augenblick überhaupt nicht.

Im Gegenteil. Das Blut rauschte ihr in den Ohren und ein anregendes Prickeln durchlief ihren ganzen Körper.

Ja, sie würde nach Hause fahren, aber erst nach einem kleinen Umweg. Einem Umweg, der sie zur Wohnung von Christel Behrend führte.

Was, wenn Harmsen zu ihr wollte? Was, wenn er sie heute aufsucht?

Sie setzte den linken Blinker und bog von der Hauptstraße ab. Obwohl es sich nicht gehörte, stellte sie das Navi während der Fahrt auf den neuen Zielpunkt ein. Eine sanfte Frauenstimme verriet ihr, dass sie keinen weiten Weg mehr vor sich hatte.

Es dämmerte, als sie das Ortsschild passierte. Kurz vor dem Ziel trieb der ständig auffrischende Wind einen kräftigen Regenschauer über die Stadt. Die Tropfen prasselten derartig heftig auf das Wagendach, dass es Hilka vorkam, als würde eine Rinderherde mitten durch den Fond getrieben. Das war der Nachteil eines Stoffverdecks.

Auf den Straßen war verhältnismäßig wenig los. In Erwartung auf eine zweite Sturmnacht in Folge waren viele Einwohner daheim geblieben. Es war keine Freude, bei diesem Mistwetter unterwegs zu sein.

Hilka beschloss, nicht länger als eine Stunde vor Christel Behrends Haus Posten zu beziehen. Sofern sich nichts ergab und Harmsen nicht auftauchte, würde sie in ihre Wohnung fahren und sich ausruhen.

Die Navi-Stimme leitete sie zu einer schmalen Sackgasse. Die Straße, in der die Tochter des Verstorbenen wohnte. Die Adresse lag etwa auf Höhe der Mitte des Weges.

Links von ihr zog eine fast gerade Linie kleiner, feiner Einfamilienhäuser mit gepflegten Vorgärten vorbei. Alles kein Vergleich zu der Gegend, in der Harmsen hauste.

Hilka konnte sich beim besten Willen nicht erklären, dass eine hübsche und intelligente Frau wie Christel Behrend auf einen Typ hereinfiel, der wie ein ungemachtes Bett aussah und sich ihr gegenüber wie ein Tyrann aufgeführt hatte.

»Ach ja«, murmelte sie. »Wo die Liebe hinfällt.«

Aus dem Augenwinkel nahm sie etwas wahr, das ihr merkwürdig vorkam. Automatisch trat sie das Bremspedal. Der

Golf stoppte gehorsam. Kein Quietschen erklang. Dazu war der Asphalt zu nass.

Sie setzte das Cabrio ein paar Meter zurück und kurbelte – ganz altmodisch, wie es in einem Wagen dieses Baujahrs üblich war – per Muskelschmalz die Seitenscheibe herunter. Regenwasser sprühte ins Innere und in ihre Augen. Sie erkannte trotzdem, was am Seitenrand hinter einer etwa hüfthohen Hecke stand.

Ein Motorrad!

Die Kommissarin packte den Türgriff, um aus dem Wagen zu springen und das Nummernschild zu überprüfen. Sie verharrte jedoch mitten in der Bewegung.

Stimmen drangen an ihr Ohr. Sie waren so laut, dass sie das Rauschen des Windes und das Trommeln der Regentropfen übertönten. Sie kamen aus der Richtung, in der sie die Wohnung von Christel Behrend vermutete.

Kurzentschlossen fuhr sie weiter. Nach etwa hundert Metern entdeckte sie die Hausnummer, die sie gesucht hatte. Das Haus war klein. Es wirkte nahezu winzig auf dem riesigen Grundstück. Birnen- und Apfelbäume wuchsen rings um das Gebäude empor. Ein Waschbetonplattenweg führte von der Straße bis direkt vor die Eingangstür.

Im Lichtschein zweier Wandleuchten, die den grauen Vorhang aus Regen wie eine helle Kugel zerteilten, erkannte Hilka Personen, die sich gegenüberstanden. Ein Mann und eine Frau.

Sie stoppte den Golf und stieg aus. Dass sie auf Schlag durchnässt wurde, nahm sie nur unbewusst wahr. Obwohl sie die Worte der beiden Streitenden nicht verstand, war deren Körpersprache bezeichnend. Die Frau, die im Türrahmen stand, hatte abwehrend die Arme erhoben, der Mann gestikulierte wild und schien aufgebracht.

Hilka überquerte die Straße und näherte sich dem Grundstück. Der Regen ließ etwas nach, die Sicht klärte sich und sie erkannte eindeutig Christel Behrend und … Mike Harmsen.

Er ballte just in diesem Moment die Hände zu Fäusten und füllte seine Stimme mit so viel Kraft, dass sie deutlich zu verstehen war.

»… bist wohl verrückt geworden, was? Meinst du wirklich, ich lasse mich von dir verarschen? Sowas kannst du mit mir nicht machen. Bevor die mich einlochen, breche ich dir eher das Genick.«

Die Situation spitzte sich zu. Harmsen packte blitzschnell Christel Behrends Handgelenk und zog sie kraftvoll auf sich zu. Die Frau schrie überrascht auf und prallte gegen ihn. Sie versuchte, sich loszureißen. Aussichtslos!

Hilka jagte los und rannte die Waschbetonplatten entlang in Richtung Haus.

»Du kommst jetzt mit, Chris. Ich will klare Verhältnisse schaffen«, hörte sie Harmsen schnaufen.

»Sofort loslassen«, brüllte Hilka und blieb zwei Meter vor den beiden stehen.

Ihre Rechte fuhr unter die Jacke zum Gürtel und … griff ins Leere.

Verdammt, schoss es ihr durch den Kopf. Sie hatte ihre Waffe nicht dabei.

Die HK SFP9 lag im Wandsafe ihres Schlafzimmers. Bei ihrem Aufbruch am Morgen hatte sie sie daheim gelassen. Wie hätte sie ahnen sollen, dass sie zufällig in einen Fall stolpern würde, der sich dermaßen dramatisch entwickelte?

Harmsen wandte sich ihr zu. Verwirrung erfüllte seine Augen. Ein verächtlicher Zug breitete sich auf den gepiercten Lippen aus.

»Wer bist du denn?«, fauchte er. Er hielt Christel weiterhin fest, presste sie an sich.

Hilka biss sich auf die Unterlippe. In ihrem Kopf überschlugen sich die Gedanken.

War es klug, sich als Polizistin erkennen zu geben? Harmsen stand so unter Strom, dass das durchaus zu einer Eskalation führen konnte. Ihn in ein Gespräch zu verwickeln, schien ihr die einzig annehmbare Alternative zu sein.

»Ich bin eine Freundin«, entgegnete sie. Sie bemühte sich, mit möglichst ruhiger Stimme zu sprechen. »Nur eine Freundin, hörst du? Ich will keinen Stress, aber du musst Christel loslassen, verstanden?«

Für einen kurzen Moment hatte Hilka den Eindruck, als würde sie zu Harmsen durchdringen.

Hatte sie womöglich die richtigen Worte gefunden? Lockerte sich sein Griff nicht etwas? Er öffnete den Mund, schien antworten zu wollen.

Jäh bäumte Christel sich auf. Sie war trotz ihrer zierlichen Gestalt kein Schwächling und brachte ihren Ex-Freund zum Schwanken. Von einer Sekunde zur anderen trat das gehetzte Glitzern wieder in seine Augen.

Er packte fester zu und starrte Hilka zornig an. »Bullshit. Du wolltest doch eben nach 'ner Knarre greifen, oder? Bist du'n Bulle?«

Harmsens Irritation wurde zu Wut. Anscheinend begriff er schnell, was die Stunde geschlagen hatte.

»Okay, ja. Ich bin von der Polizei. Martens ist mein Name ...«

»Scheiße, Mann ... ich weiß, was ihr glaubt, was ich getan haben soll, aber ich ...«

Christel Behrend unternahm einen weiteren Versuch, sich zu befreien. Sie sackte leicht ein und streckte sich dann wie eine Stahlfeder. Ihr Hinterkopf prallte hart gegen Harmsens Kinn. Er gurgelte und taumelte zurück. Dabei lösten sich seine Hände. Die junge Frau riss sich los. Sie stolperte über eine der Stufen vor der Eingangstür und stürzte zu Boden.

Darauf hatte Hilka nur gewartet. Wie von einem Startblock katapultiert, warf sie sich vor, griff nach Harmsens Handgelenk, um den Schwung auszunutzen und den Arm zu verdrehen. Der junge Mann war auf Zack. Obwohl ihm der Treffer zugesetzt hatte, spannte er sofort gegen und verhinderte, dass sie einen Polizeigriff ansetzte.

Seine Linke glitt unter die Jacke und förderte einen schlanken Gegenstand zutage, dessen Länge sich mit einem durchdringenden Klicken verdoppelte.

Springmesser.

Hilka reagierte instinktiv. Sie ließ den Arm los und sprang zurück. Etwas Silbriges wischte etwa in Bauchhöhe vor ihr vorbei. Eine Sekunde später jagte es in entgegengesetzte Richtung abermals waagerecht durch die Luft.

Teufel, der Bursche war schnell. Und er verstand, mit der Klinge umzugehen. Mit geübtem Schwung wechselte er die Waffe in die Rechte und setzte nach.

Hilka blieb keine andere Wahl. Sie sprang nochmals zurück. Gleichzeitig schraubte sie sich empor, wirbelte um die eigene Achse und streckte im richtigen Moment das Bein seitlich weg. Ihr Fuß krachte hart gegen das Handgelenk des Gegners. Ein Jaulen gellte ihr entgegen und das Messer flog, sich überschlagend, in die Dunkelheit. Geschmeidig kam sie auf, die Arme kampfbereit erhoben und bereit, eine weitere Attacke abzuwehren.

Harmsen dachte nicht daran, einen neuen Angriff zu unternehmen. Er packte Christel, die zusammengesunken am Boden hockte, zerrte sie brutal in die Höhe und schleuderte sie Hilka entgegen. Die beiden Frauen prallten hart gegeneinander.

Der Ansturm riss die Kommissarin um ein Haar von den Beinen. Schweren Herzens schob sie Christel zur Seite.

Sie sah, wie Harmsen davonrannte, als wäre der Teufel hinter ihm her.

»Nein«, knurrte sie. Zorn zuckte einer Flamme gleich durch ihre Eingeweide.

Der Mistkerl darf nicht entkommen.

Mit weiten Sätzen hetzte sie los. An der Straße angekommen, jagte sie nach rechts und erkannte vom Flüchtigen einen verschwommenen Schemen knapp hundert Meter vor sich. Er flankte über die Hecke.

Das Motorrad, schrie es in ihr. Hilka legte alles in den Sprint. Ihre Lungen arbeiteten wie Blasebalge, ihr Herz wummerte wie eine Kesselpauke und ihre Füße schienen den regennassen Asphalt kaum zu berühren.

Ein Motor heulte wild auf. Als sie die Hecke erreichte, schoss ein Schatten durch eine Lücke auf die Straße und raste laut röhrend davon.

Hilka blieb keuchend stehen. Vor ihr wurde das Rücklicht des Motorrads immer kleiner und verschwand dann um die Ecke. In ihrem Brustkorb brannte es, als hätte sie mit Batteriesäure gegurgelt. Die Glieder wurden ihr schlagartig schwer wie in Blei gefasster Marmor. Obwohl ihr Körper fortwährend nach Sauerstoff schrie, würgte sie einen ausgiebigen Fluch hervor.

»Verdammte Scheiße …«

15. Kapitel

»Was um alles in der Welt stimmt bei Ihnen eigentlich nicht?«

Axel stieß diese Worte förmlich aus und spürte, wie die Ader am Hals hervortrat, so wie immer, wenn er wütend, ach was, stinksauer war.

Er saß hinter dem Schreibtisch und starrte auf eine ramponiert wirkende Hilka Martens, die vor ihm in eine Decke gewickelt stand. Sie trug einen altmodischen, aber trockenen Sportanzug, der ihr viel zu weit war. Kein Wunder, der Name L. Vogt verriet, wem er gehörte.

Die Kommissarin erwiderte nichts. Sie klapperte leise mit den Zähnen. Ihr war also immer noch kalt.

Axel war das im Augenblick egal. Er bildete einen Gegenpol und kochte vor Zorn.

»Ich hatte mich klar und deutlich ausgedrückt, oder?«

Wieder keine Antwort. Verdammt, sie sah ihn nicht einmal an.

»Sagen Sie gefälligst etwas«, schnauzte er.

»Ja, das hatten Sie, Herr Groot, aber ich dachte, es könne nichts schaden, wenn ich kurz bei Frau Behrend vorbeischaue.« Sie atmete tief durch. Ihre Lippen bebten.

Axel änderte seine Meinung. Sie zitterte nicht wegen der Kälte. Nein, sie war ebenfalls wütend und gab sich alle erdenkliche Mühe, das nicht zu zeigen.

Er seufzte, stützte sich mit den Unterarmen auf die Schreibtischplatte und schüttelte den Kopf.

»Nichts gegen Ihren Instinkt«, sagte er leise. »Ich will die daraus resultierende Überlegung nicht kritisieren, Frau Martens, ganz bestimmt nicht.«

»Ich hatte meine Waffe nicht dabei«, warf Hilka ein.

Mit diesem Einschub erweckte sie den Eindruck, als *wolle* sie, dass er sie anschrie.

»Was nicht verwunderlich ist. Immerhin waren Sie heute, als der ganze Schlamassel seinen Anfang nahm, noch im Urlaub.«

Er wunderte sich darüber, wie schnell sein Zorn verraucht war. Er klang versöhnlich, obwohl er der Kommissarin vor ein paar Minuten am liebsten einen Tritt in den Allerwertesten gegeben hätte. Ihre versteinerte Miene und die einsilbigen Antworten zeigten ihm, dass sie mit sich selber haderte.

»Sie hätten Bescheid geben müssen«, fügte er hinzu.

Hilka Martens nickte. »Vollkommen richtig.«

Er atmete durch. Was er zu sagen hatte, kam ihm nur schwer über die Lippen. Es änderte allerdings nichts an der Tatsache, dass es gesagt werden musste.

»Ich denke, Sie haben recht. Ich habe nicht daran gedacht, dass Harmsen zu seiner Ex-Freundin unterwegs sein könnte. Wahrscheinlich hätten wir zu spät reagiert, wenn wir beide erst miteinander diskutiert hätten.«

Axel klopfte mit der flachen Hand auf die Schreibunterlage. »Und dann hätte die Auseinandersetzung der beiden sonst wie enden können.«

Hilka blinzelte irritiert. Das Beben der Lippen ließ nach. Sie sah ihn zum ersten Mal direkt an, seit sie eingetreten war.

»Ich muss zugeben, dass es gut war, dass Sie zu Frau Behrend gefahren sind«, fuhr er fort.

»Aber Harmsen ist entkommen.«

Du meine Güte, sie bettelt regelrecht um Schelte.

»Dass eine gesuchte Person sich erfolgreich der Verhaftung entzieht, ist auch schon anderen passiert, Frau Martens«, erklärte er nach einer kurzen Pause. »Älteren Kollegen. Erfahreneren.«

Wieder eine Pause. »Besseren.«

Auf den Wangen der Kommissarin entstanden Grübchen. Ein süffisanter Zug stahl sich in ihre Mundwinkel. »Sie meinen sich selbst, nicht wahr?«

Axel stöhnte leise. »Verdammt, ich versuche gerade, eine Brücke zu bauen. Was Sie taten, war falsch. Ich bin deswegen sauer, aber trotzdem ist etwas Positives dabei herausgekommen. Sie haben Christel Behrend gerettet.«

Anscheinend hatte er die richtigen Worte gefunden. Die steinerne Unbeweglichkeit wich aus ihrem Gesicht. Gleichzeitig nahm sie eine entspanntere Haltung an.

»Ich weiß nicht, ob Harmsen seiner Ex wirklich etwas antun wollte«, stellte sie klar.

»Er sprach davon, ihr das Genick zu brechen.«

Der Oberkommissar deutete auf den Besucherstuhl. Hilka setzte sich.

»Schon, aber er sagte das in Verbindung damit, dass er sich nicht einlochen lassen wolle«, fügte sie hinzu. »Er wirkte eher verwirrt und überfordert. Der Zorn brach erst hervor, als er mitbekam, dass ich Polizistin bin.«

Axel rieb sich das Kinn. Sein Blick schweifte einen Augenblick lang durch das Büro. Im Moment fehlte ihm jede persönliche Note, doch er würde in den nächsten Tagen ein paar Bilder aufhängen, die verschiedene Teile von Ostfriesland zeigten und die aus der Erbmasse seiner Eltern stammten.

»Dyssen ist übrigens fündig geworden«, wechselte er das Thema.

»Er hat was über das Diebesgut herausgefunden?«

»Er ist ein fleißiger Bursche. Hat das alles am Nachmittag erledigt und uns dann zukommen lassen«, sagte Axel grinsend. Er rief den entsprechenden Bericht auf. »Natürlich hat er nicht alles ausfindig gemacht, aber über die beiden Bilder in Harmsens Wohnung existiert eine umfassende Akte.«

Er scrollte bis zur entscheidenden Stelle und las vor:

»Die Bilder stammen aus einer Privatsammlung in München. Sie wurden vor einem halben Jahr gestohlen. Man bringt den Diebstahl mit einer Bande in Verbindung, die auch in anderen Teilen Deutschlands aktiv geworden ist. Es geht vorzugsweise um Kunstwerke und Schmuck. Die Täter gehen methodisch vor. Sie scheinen vielseitig zu sein. Alarmanlagen werden gekonnt umgangen, in einigen Fällen gab es auch Gewalt gegenüber Sicherheitspersonal. Zum Glück ist bislang niemand getötet worden.«

Hilka nickte. »Das passt doch alles ausgezeichnet zu den Fundstücken in Harmsens Haus. Wahrscheinlich ist er Teil der Bande.«

»Das schon«, erwiderte Axel. »Aber es bedeutet nicht zwangsläufig, dass er Behrend ermordet hat.«

Er ließ sich wieder zurücksinken. Er war müde, fühlte sich ausgebrannt und sehnte sich nach ein paar Stunden Schlaf.

»Ehrlich gestanden bin ich skeptisch«, meinte er, nachdem er einige Sekunden lang stumm auf den Bildschirm gestarrt hatte. »Es sind irgendwie zu viele Spuren, die in Harmsens Richtung deuten. Zuerst Christel Behrends Aussage, dann dieser umfangreiche Fund in Harmsens Bude …«

»Ich verstehe, was Sie meinen. Das passt irgendwie *zu gut* zusammen, «, bestätigte Hilka.

»Schön, dass wir uns dahingehend einig sind. Allerdings müssen wir Harmsen trotz aller Zweifel erwischen. Durch die Aktion am Abend kommt er mir vor wie eine tickende Zeitbombe. Wo ist Christel Behrend jetzt?«

»Sie übernachtet bei einer Freundin. Ich habe zwei Beamte abgestellt, die das Haus im Auge behalten.«

»Sehr gut«, meinte Axel. Er verengte die Augen zu schmalen Schlitzen, als müsse er die Kollegin gegen das Licht der Sonne betrachten. »Sie sind wirklich tüchtig. Das gefällt mir.«

Sie lächelte. Das stand ihr außerordentlich gut, wie er fand.

»Für mich gibt es nur ganz oder gar nicht. Entweder ich mache es richtig, oder ich lasse es.«

Sie zuckte mit den Achseln. »Na ja, wenn ich an mein Aufeinandertreffen mit Harmsen denke, klingt dieser Spruch völlig überzogen, was?«

»Könnte man meinen«, gab er zu, »aber ich will nicht verhehlen, dass ich vorhin tatsächlich über mich sprach, als ich ›die Besseren‹ erwähnte.«

»Ach, Sie halten sich wirklich für besser?«

In ihrer Stimme war deutlich Angriffslust zu vernehmen. Das schelmische Blitzen in den Augenwinkeln verriet allerdings, dass sie es nicht ernst meinte.

Axel winkte ab. »Eigentlich ging es mir mehr darum, dass solche Fehltritte auch mir unterlaufen sind. Und man kann Ihren Einsatz nicht vollkommen als Fehltritt interpretieren. Wie gesagt, Sie haben Christel wahrscheinlich vor Schlimmerem bewahrt.«

Hilka presste die Lippen aufeinander. Dann nickte sie. Sie wirkte dabei, als sei sie zu einer wichtigen Erkenntnis gelangt. »Ich gelobe, mich in Zukunft zu bessern.«

Jetzt war es an Axel zu lächeln. »Das will ich doch hoffen. Ich würde sehr ungern auf eine so fähige Kollegin verzichten. Was ich in Ihrer Personalakte gelesen habe, hat mich wirklich beeindruckt.«

»Solche Akten geben nicht alles in korrekter Weise wieder. Sie sind zu unpersönlich und reduzieren die Person und deren Leistungen nur auf Fakten.«

Axel gefiel diese Ansicht.

»Ein Mensch ist mehr als das«, sagte er voller Überzeugung.

Er spürte, dass die Kommissarin einen Punkt erreicht hatte, an dem sie bereit war, sich zu öffnen. Womit sie sich, wie er annahm, unter normalen Umständen sehr schwertat.

Dem Oberkommissar erging es ähnlich. Er wollte das Treffen auch noch nicht beenden. Obwohl ihm, genau wie der Kollegin, der lange Tag in den Knochen steckte, war er bereit, sich die Zeit zu nehmen und die Frau, mit der er von nun an zusammenarbeiten würde, besser kennenzulernen.

»Dann legen Sie mal los«, sagte er. »Erzählen Sie mir etwas über den Menschen Hilka Martens.«

Es folgte eine kurze Pause, in der die Kommissarin nachdachte. Wahrscheinlich darüber, ob er es ernst meinte.
Sie lehnte sich zurück und kam der Einladung nach.

***

Zwischenspiel: Zweite Sturmnacht

Tränen drangen ihm aus den Augen. Der zornige Sturmwind trocknete sie augenblicklich, ehe sie die Wangen erreichten.

Er hielt sich nicht aus eigener Kraft auf den Beinen. Die Hände der anderen klammerten sich unter die Achseln und zerrten ihn mit. Er hörte ihr Keuchen und Fluchen wie durch Watte. »Scheiße, ist der schwer.«

Wow ... wo bin ich ... warum ... was soll das ...

Mehr brachte sein angeschlagener Geist nicht zustande.

Vor ihm wiegte sich etwas Großes hin und her. Hatte es wirklich ein Dutzend Arme, die ihm aufgeregt zuwinkten? War da eine unheilvolle Spukgestalt aus einem dieser spinnerten Gruselromane, die er im Gefängnis gelesen hatte?

Ein Geist vielleicht? Ein Monster aus der Tiefe?

Meckerndes Kichern erklang und es dauerte eine gefühlte Ewigkeit, bis ihm klar wurde, dass er es ausstieß. Die abgehackten Laute klangen wie aus einem Eisenbahntunnel.

Das umherzuckende Geisterwesen, das sich immer weiter verformt und verzerrt hatte, nahm wieder Gestalt an.

Ein Baum?

Ja, es war ein Baum. Er blinzelte, als könne er so die Sicht verbessern. Er spürte, wie er mit hartem Griff weitergeschleift wurde. Wo war er? Warum stand neben dem Baum ein weiterer? Und noch einer? Und noch einer?

»Binichimwald?«, nuschelte er. Die Zunge war so schwer, die Lippen fühlten sich taub an und kribbelten zugleich so stark, dass es ihm neue Tränen aus den Augen trieb.

Er erhielt keine Antwort. Das Keuchen der anderen wurde lauter. Sie hatten mit seinem Gewicht zu kämpfen und das war lustig. Er kicherte und alles verschwamm erneut um ihn herum.

Mann, bin ich zugedröhnt, durchzuckte ihn auf wundersame Weise ein klarer Gedanke, ehe sein Geist wieder zu einer amorphen Masse verkam.

Es dauerte nicht mehr lange, ehe man ihn fallen ließ. Oder waren weitere Ewigkeiten vergangen? Er wusste es nicht.

Er stürzte auf die Knie. Eigentlich hätte es wehtun müssen. Tat es aber nicht. Dafür war er zu knülle.

Einer der anderen fummelte an seiner Hand herum.

Er hörte gepresstes Stressatmen. Die Fummelei an der Hand war nicht einfach. Es bereitete Schwierigkeiten.

»Scheiße, verdammte«, knurrte der Fummler.

»Mach schon, mach schon, mach schon«, lautete die nervöse Erwiderung.

»So, jetzt klappt es.«

Was klappt?

Er war neugierig, wollte wissen, was ablief. Doch er erhielt keine Antwort auf die Frage.

Hab ich überhaupt was gesagt?

Etwas presste sich gegen die rechte Schläfe. Hart und kühl.

Für einen Moment klärte sich sein Denken.

»Wassollndas?«, quetschte er mühsam hervor.

Keine Antwort. Der Druck verstärkte sich.

Ein dumpfer Knall. Vor ihm tat sich ein endloser, pechschwarzer Abgrund auf. Er stürzte hinein … und würde nie wieder daraus hervorkommen …

16. Kapitel

Hilka Martens hatte tief und fest und vor allem traumlos geschlafen. So gut wie seit Wochen nicht mehr. Vom Sturm, der den Wind heulend um das Haus getrieben hatte, hatte sie nichts mitbekommen.

Als sie erwachte, war sofort die Erinnerung an das Gespräch mit Axel Groot gegenwärtig.

Sie hatten bis halb eins geredet. Anscheinend hatte sie es nötig gehabt, sich jemandem anzuvertrauen. Vielleicht nicht vollkommen, aber doch ein wenig.

Der Morgen präsentierte sich ähnlich wie der am Vortag. Die Wolkendecke wies Löcher auf, durch die Sonnenlicht auf das Land niederging und alles eine Spur freundlicher erscheinen ließ.

Nach einer ausgiebigen Wechselbaddusche, die die Reste der Müdigkeit aus den Gelenken spülte und einem »Zwischen-Tür-und-Angel-Frühstück« schwang sie sich in ihr Cabrio und fuhr zum Polizeipräsidium. Hoffentlich brachte der Tag neue Erkenntnisse.

Axel Groot war nicht im Büro. Er hatte ihr einen Notizzettel unter die Schreibunterlage geklemmt. *Bin bei Hauptkommissar Oltmann. Keine Ahnung wie lange.*

Hilka lächelte. Ja, der Oberkommissar und Leiter des KED hatte einen Vorgesetzten, den er über die laufenden Ermittlungen zu informieren hatte. Mysteriöse Fälle wie der des verstorbenen Rolf Behrend kamen nicht jeden Tag in Norden vor. Die meisten Einwohner hätten mit einem »Zum Glück« zugestimmt.

Hilka sah die Sache ein wenig anders. Es war nicht so, dass sie sich freute, dass jemand durch Gewalteinwirkung zu Tode gekommen war. Nein, aber zumindest gestaltete sich ihr Einstieg in das alltägliche Geschehen ihrer neuen Dienststelle nicht uninteressant.

Sie setzte sich an den Schreibtisch und prüfte zunächst die eingegangenen Berichte.

Am Fundort der Leiche hatte man nur wenige Spuren entdeckt. Kein Wunder, denn laut Spurensicherung war die Stelle am Deich nicht der Tatort.

Ein Experte für Meeresströmungen von der Universität Emden war von Michaelis hinzugezogen worden. Dieser hielt es für unmöglich, den Ort zu bestimmen, an dem der Hobbyhistoriker in die Nordsee gestürzt war.

»Dann kann der Angriff also fünf Kilometer vom Fundort der Leiche entfernt stattgefunden haben oder fünfzig«, murmelte Hilka. »Tja, das Meer ist unberechenbar.«

Der zweite Bericht der Spurensicherung beschäftigte sich mit dem Einbruch in Behrends Büro.

Der oder die Täter hatten das Fenster problemlos aufgestemmt. Alarmsicherungen gab es nicht. Die einzige Beute bestand laut Zeugenaussage durch Herrn Norbert Erhardt aus einem Laptop, von dem nur das Stromkabel auf dem Schreibtisch gefunden wurde. Zudem war ein altmodischer Aktenschrank aufgebrochen worden. Daraus fehlte eine unbekannte Anzahl von Akten.

Wieso bestahl jemand einen Historiker? Was stand in den geraubten Unterlagen? War in ihnen das Motiv für Behrends Tod zu finden?

Sie las weiter. Außerhalb des Gebäudes hatte es keine verwertbaren Spuren gegeben. Weder Finger- noch Fußabdrücke. Der Sturm hatte ganze Arbeit geleistet und den Untergrund zu stark aufgeweicht.

»Mist«, brummte sie. »Wäre auch zu schön gewesen.«

Sie klickte den Bericht weg und griff nach dem Telefon.

Sie hatte am Vortag eine Anfrage an die Kollegen in Braunschweig geschickt. Sie hatte darum gebeten, Behrends Schwester zu durchleuchten und sie eventuell zu befragen.

Es war zwar kaum davon auszugehen, dass Astrid Bönnert unentdeckt nach Ostfriesland gekommen war, um ihren Bruder in einen Hinterhalt zu locken, geschweige denn ihn schwer verletzt ins Meer zu werfen.

Aber in einigen Kriminalfällen sind schon weitaus verrücktere Dinge passiert, dachte sie und wählte die Nummer der Kripo in Braunschweig.

Am anderen Ende der Leitung meldete sich ein freundlicher Kollege. Im Verlauf des Gesprächs erklärte er ihr, dass Behrends Schwester kurz vor Jahreswechsel einen schweren Schlaganfall erlitten hatte. Sie war für einige Monate an einen Rollstuhl gefesselt gewesen. Mittlerweile konnte sie wieder laufen. Aber nur mithilfe eines Rollators.

Die leidgeprüfte Frau hatte zudem sehr emotional auf die Mitteilung vom Tode ihres Bruders reagiert und der Kollege hatte den Eindruck gewonnen, dass die Trauer nicht gespielt war.

Hilka bedankte sich für die Mühen und strich Astrid Bönnert zunächst von der Liste der Verdächtigen.

Ganz wollte sie sie nicht vom Haken lassen, denn es gab ja die Möglichkeit, dass ein Dritter hinzugezogen worden war.

Sie holte sich eine Tasse Kaffee und kehrte soeben zum Schreibtisch zurück, als das Telefon anschlug.

»KED Norden, Kommissar Martens am Apparat«, meldete sie sich.

»Erhardt hier. Norbert Erhardt, ich habe gestern mit Herrn Groot gesprochen.«

»Ja, natürlich, der freundliche Hausmeister vom Verein. Was kann ich für Sie tun?«

»Ach, ist der Herr Oberkommissar nicht da?«, erklang die Gegenfrage.

Früher, vor wenigen Wochen noch, hätte diese Frage Hilka auf die Palme gebracht. Sie hatte es zu oft erlebt, dass Zeugen oder Informanten sich lieber an, aus ihrer Sicht, richtige – sprich männliche – Polizeibeamte wandten.

Es war durchaus möglich, dass sie sich schon bald wieder über ein derartiges Verhalten aufregen würde, aber heute sah die Sache anders aus.

Die wohltuende Wirkung des Gesprächs, das sie mit ihrem neuen Chef geführt hatte, hielt noch an. Sie lächelte.

»Nein, Herr Groot hat einen wichtigen Termin. Sie können sich auch mir anvertrauen.«

Für einen Moment war nur das leise Hintergrundrauschen in der Verbindung zu hören. Erhardt schien nachzudenken.

»Was?«, entfuhr es ihm nach ein paar Sekunden. »Ach ja, natürlich, bitte entschuldigen Sie vielmals, Frau Martens.«

»Worum geht es denn?«, fragte Hilka, nachdem sie im Stillen entschuldigt hatte.

»Nun, mir ist etwas eingefallen. Es geht um die Akten, die aus dem Schrank gestohlen wurden.«

»Ah«, entgegnete die Kommissarin, »wissen Sie, was in den Unterlagen steht?«

»Nein, leider nicht. Darüber wusste nur Herr Behrend Bescheid. Aber vielleicht können Sie es trotzdem herausbekommen.«

»Und wie?«

»Das ist ja das Geniale. Herr Behrend hat sich lange mit Händen und Füßen gewehrt, aber er hat im letzten Jahr begonnen, Akten digital einzuscannen.«

»Sie meinen, er hat sie im Computer gespeichert?«

»Genau.«

»Das ist wirklich interessant«, erwiderte sie sanft, »aber das bringt uns nichts. Diese abgespeicherten Akten sind auf dem Laptop, und der ist weg.«

Erhardt grunzte unwillig. »Meine Güte, das weiß ich natürlich. Ich wirke zwar so, aber ich bin nicht von vorgestern.«

»Entschuldigung, ich wollte nicht …«

»Schon gut, ich bin es, der sich zu entschuldigen hat. Die ganze Sache zerrt an den Nerven.«

Der Hausmeister räusperte sich. »Zurück zum Thema. Es geht mir nicht um die Akten, die Behrend auf dem Computer abgespeichert hat. Er hat eine Cloud.«

»Dann könnte es ja sein, dass einige der gestohlenen Akten vielleicht da zu finden sind«, mutmaßte Hilka. »Man muss nur die Clouddateien mit den Ordnern abgleichen, die noch im Schrank waren. Vielleicht ergibt sich was.«

Ein Glucksen drang aus dem Hörer. »Und wissen Sie, was das Beste ist?«

»Nein, was denn?«

Das Glucksen steigerte sich zu einem zufriedenen Kichern. »Ich kann Ihnen Herrn Behrends Anbieter nennen. Ich habe ihm nämlich geholfen, sein Cloud-Konto einzurichten.«

17. Kapitel

Hauptkommissar Tjark Oltmann war ein netter Mann, dem Axel zweimal begegnet war. Das erste Mal, als er sich persönlich beworben hatte. Die zweite Gelegenheit hatte sich am Tag seines Umzugs von Hannover nach Hagermarsch ergeben.

Beide Male waren die Gespräche rasch auf Ostfriesland und das damit verbundene Kulturgut gekommen. Der Präsidiumsleiter hatte die eigene, tiefe Beziehung zur Heimat intensiv und … ein wenig langatmig dargelegt.

Axel hatte sich nicht daran gestört, sondern aufmerksam zugehört. Er hatte den Entschluss gefasst, sich in Zukunft ebenfalls ausgiebig mit den faszinierenden Aspekten seiner alten/neuen Heimat zu beschäftigen.

Oltmann – der am Vortag dienstlich unterwegs gewesen war – begrüßte ihn herzlich und fügte einige wohlgewählte Worte hinzu, mit denen er die Hoffnung auf eine lange und erfolgreiche Zusammenarbeit zum Ausdruck brachte.

»Zu guter Letzt möchte ich noch etwas hinzufügen«, sagte der Hauptkommissar und setzte ein breites Lächeln auf. Er war groß und breitschultrig und wirkte eher wie ein in die Jahre gekommener Landwirt, mit Händen, die einen Männerkopf komplett zu umfassen in der Lage waren.

»Wann immer Sie Probleme oder Kummer haben, steht meine Tür für Sie offen. Auch privat. Es gibt nichts, worüber man nicht bei einer guten Teetied sprechen kann.«

Es kam nicht oft vor, aber Axel war gerührt. Oltmann verstand es, mit Worten umzugehen.

»Ich danke Ihnen, Herr Hauptkommissar«, entgegnete er. Es kostete ihn Mühe, den Frosch im Hals nicht allzu deutlich heraushören zu lassen. Die beiden Männer schüttelten sich kräftig die Hände.

»So, das war dann gewissermaßen der inoffiziell-offizielle Teil«, meinte Oltmann, immer noch lächelnd, und ließ sich hinter dem breiten Schreibtisch nieder.

Zahlreiche gerahmte Fotos beanspruchten den größten Anteil der Arbeitsfläche. Für Telefon, Computer, Akten, Stifte und andere Utensilien blieb daher nur wenig Platz. Der Leiter des Präsidiums hatte eine große Familie. Er war vierfacher Vater, neunfacher Großvater und hatte, laut eigenem Bekunden, enge Bindungen zu seinen sechs Geschwistern und den damit einhergehenden Nichten, Neffen, Cousinen, Onkeln und Tanten.

Davon hatte Axel ausgiebig bei ihrem ersten Treffen erfahren.

»Und der hat mir sehr gut gefallen, Herr Oltmann. Sie sind ein versierter Redner.«

Der Hauptkommissar gluckste, wobei er verlegen abwinkte. »Ach was, das fliegt mir einfach so zu.«

Kaum waren die Worte verklungen, senkten sich die Mundwinkel und ein ernster Ausdruck trat in das kantige Gesicht mit den geröteten Wangen. »Aber nun zu etwas anderem.«

»Sie sprechen vom Behrend-Fall«, schlussfolgerte Axel. Er hatte bereits erwartet, dass das Gespräch diese Richtung einschlagen würde.

Oltmann nickte. »Schlimme Sache, schlimme Sache das.«

»Da bin ich ganz Ihrer Meinung. Mit einem so heiklen Fall hätte ich nicht gerechnet. Schon gar nicht direkt *vor* meinem offiziellen Dienstbeginn.« Axel lachte bitter. »Eigentlich habe ich mich versetzen lassen, um es etwas ruhiger anzugehen.«

Der Vorgesetzte nickte erneut. »Kann ich sehr gut verstehen, Herr Groot. Ihre Personalakte liest sich stellenweise wie ein actiongeladener Thriller. Sie haben allerhand erlebt und durchgemacht. Ganz besonders, bevor Sie nach Hannover kamen.«

Axel war klar, worauf Oltmann anspielte.

Zum einen auf die Zeit beim SEK Niedersachsen. Andererseits bezog sein Vorgesetzter sich auf das, was diesem aufregenden Job gefolgt war.

Und über das er nicht sprechen durfte. Er schüttelte sich bei dem Gedanken daran.

»Da machen Sie sich Hoffnung auf eine etwas ruhigere Gangart und was passiert?«, unterbrach der Hauptkommissar die entstandene Pause. »Sie finden eine Leiche. Das Leben ist bisweilen schon merkwürdig, oder?«

»Ja, kann man so sagen«, bestätigte der Oberkommissar.

»Wie auch immer. Ich will Sie gar nicht lange aufhalten, Herr Groot. Halten Sie mich auf dem Laufenden, was diesen Fall angeht. Ich hoffe, dass Sie bald mit handfesten Ergebnissen aufwarten können. In einer ländlichen und somit ruhigen Gegend wie der unseren gibt es natürlich dann und wann mal Kapitalverbrechen. Aber einen Mord, den hat es hier schon sehr lange nicht mehr gegeben.«

Axel erhob sich und streckte die Hand über den Schreibtisch. Oltmann stand ebenfalls auf und ergriff sie.

»Ich klemme mich dahinter. Versprochen.«

Mit diesen Worten wandte er sich um und verließ das Büro.

Er hoffte, bald Ergebnisse zu liefern. Ihm stand nicht der Sinn danach mitzuerleben, wie es war, wenn Oltmann die gute Laune verlor.

18. Kapitel

Es war kurz vor halb zehn, als Groot die Räume des KED betrat. Er wirkte recht entspannt, wie Hilka fand, und lächelte ihr freundlich zu.

»Guten Morgen. Wie ich sehe, sind Sie schon fleißig gewesen.« Er deutete auf die beschriebenen Post-its, die sie vor sich auf die Schreibunterlage geklebt hatte.

»Oh ja, das ist so eine Methode von mir, um alle relevanten Fakten zu sammeln und in eine logische Reihenfolge zu bringen«, erklärte sie.

»Darf ich?«, fragte der Oberkommissar und deutete auf einen der Klebezettel.

»Selbstverständlich.«

Er zog das Papier ab und las halblaut, was darauf stand. »Schwester des Toten! Zu krank, um hierherzureisen und die Tat zu begehen. Zu krank, um jemanden zu beauftragen?«

Groot runzelte fragend die Stirn.

»Nur so ein Gedanke«, erklärte sie. »Nicht alles, was ich aufschreibe, ist tatsächlich relevant. Manches wandert nach einigem Hin und Her in den Papierkorb. Sie haben einen Hinweis gegriffen, der durchaus das Zeug dazu hätte, weggeworfen zu werden.«

Er grinste und klebte die Notiz wieder zurück. Ächzend ließ er sich auf den Stuhl am freien Schreibtisch nieder.

»Nun, was hat sich denn an Ihrem arbeitsreichen Vormittag ergeben?«, fragte er. »Neue Erkenntnisse? Spuren? Verdächtige?«

Sie informierte ihn umfassend über die erfolgreiche Zuordnung der gefundenen Gemälde und das Gespräch mit dem Kollegen in Braunschweig. Als sie geendet hatte, rieb er sich nachdenklich das Kinn und starrte dabei ins Leere.

»Also sieht es so aus, als bliebe uns Mike Harmsen als dringend Tatverdächtiger erhalten.«

»Scheint so.« Sie schnippte mit den Fingern. »Ach ja, hätte ich beinahe vergessen. Herr Erhardt vom Verein hat angerufen. Er hat mir erzählt, dass Behrend seine Akten nicht nur digital auf dem

Laptop gespeichert hat, sondern auch Kopien in die Cloud hochlud.«

»Wie bitte? Dann haben wir ja vielleicht eine Möglichkeit, die gestohlenen Akten zu rekonstruieren.«

Hilka wiegte den Kopf. Sie verzog ihr Gesicht, als habe sie ohne örtliche Betäubung in einen sauren Hering gebissen. Sie hasste diese Dinger. Allein bei dem Gedanken daran schüttelte es sie.

»Die Sache hat einen Haken«, gestand sie.

»Und welchen?«

»Wir kennen zwar Behrends Anbieter – Erhardt hat ihm geholfen, ein Konto einzurichten –, aber wir kennen natürlich das Passwort nicht.«

Groot wartete sofort mit einer Lösung auf. »Darauf setzen wir Dyssen an. Der hilft uns bestimmt mit größter Freude. Die Sache mit dem Diebesgut hat er ebenfalls schnell herausgefunden.«

»Das ist schon geregelt?«, meinte sie und lächelte überlegen. Obwohl sie sich ihrem neuen Chef seit dem nächtlichen Gespräch näher fühlte, würde sie es weiterhin genießen, wenn sie ihm einen Schritt voraus war. »Dyssen hat sich wie ein IT-Spürhund an die Sache rangehängt. Er meinte, er sei zuversichtlich, das Passwort knacken zu können.«

»Dann wollen wir mal hoffen, dass er recht hat. Wir haben zwar viele Spuren, aber irgendwie sind die alle nicht konkret genug.«

»Da bin ich bei Ihnen, Chef. Zusätzlich habe ich Christel Behrend kontaktiert. Sie hat versprochen, in Behrends Wohnung nach Hinweisen zu suchen.«

»Klingt nach einem Plan«, meinte Groot und verschwand in sein Büro.

Hilka trat an die Küchenzeile, um sich Kaffee nachzuschenken. Sie spielte mit dem Gedanken, ihren Chef zu fragen, ob er eine Tasse wolle, als sein Telefon anschlug.

Er meldete sich, hörte eine knappe Minute zu und beendete das Gespräch mit den Worten: »Danke, wir sind gleich da.«

Er trat aus dem Büro. »Das werden Sie jetzt nicht glauben, Frau Martens.«

»Was ist denn passiert?«

»Man hat Mike Harmsen gefunden.«

Hilka wollte ein herzhaftes »YES« ausstoßen, doch der Chef machte das zunichte.

»Er ist tot. Offensichtlich Selbstmord.«

Es war ein wahres Wunder, dass ihr die Tasse nicht aus der Hand glitt und am Boden zerschellte.

19. Kapitel

Der Weg wurde von hohen Bäumen flankiert.

Axel blieb stehen, legte den Kopf in den Nacken und atmete die köstlich frische Luft ein. Er liebte es, im Wald zu sein. Das Aroma von Rinde, Blattgrün, Tannenzapfen und Harz wirkte belebend. Es verdrängte die Müdigkeit einer zu kurzen Nachtruhe. Er bedauerte, dienstlich in dieser grünen Oase zu tun zu haben.

Das Waldgebiet lag östlich von Norden, nicht weit von einer Golfanlage entfernt.

»Alles klar bei Ihnen?«, fragte Hilka Martens. Sie musterte ihn eingehend.

»Natürlich, ich genieße nur die fantastische Luft.«

»Jedem das seine«, entgegnete sie.

Axel schüttelte den Kopf. Seit dem nächtlichen Gespräch schien es zwischen ihnen entspannter zu laufen. Dennoch blieb die neue Kollegin in mancher Hinsicht ein Rätsel. Und er hatte das sichere Gefühl, dass ihr das so gefiel.

Er gab sich einen Ruck und folgte ihr.

Okka, die den Zugang zum Pfad bewachte, hatte erklärt, dass der Fundort der Leiche nach etwa dreihundert Metern am Ende des Weges zu finden war. Die wortkarge Kollegin mit der tiefen Stimme behielt recht.

Am Fuße einer Eiche lag der reglose Körper. In Weiß gehüllte Kollegen der Spurensicherung waren um ihn herum in ihre Tätigkeiten vertieft. Axel wurde an Ameisen erinnert, die sich einem Beutetier näherten.

Uniformierte Kollegen hielten respektvollen Abstand zum Fundort und sicherten den Bereich ab. Eine dunkelhaarige Frau trat ihnen entgegen. Auch sie trug einen speziellen Schutzanzug samt Kapuze. Die rot gerahmte Brille, die ihr schmales Gesicht dominierte, bildete einen auffälligen Farbkontrast zum Weiß des Overalls. Die Gläser vergrößerten ihre braunen Augen eulenhaft.

»Moin, moin«, grüßte sie. »Dr. Kristine Willers.«

»Moin«, erwiderte Axel. »Wir haben uns gestern nur knapp verpasst. Freut mich, Sie kennenzulernen. Und? Was haben wir?«

Willers runzelte die Stirn, ehe sie antwortete. »Augenscheinlich Suizid. Der Tote, er wurde anhand der Fahndungsfotos bereits identifiziert, hat sich eine Smith & Wesson Modell 19 rechtsseitig an die Schläfe gepresst und abgedrückt.«

Sie bildete mit Daumen und Zeigefinger der rechten Hand eine Pistole nach wie kleine Kinder beim »Cowboy und Indianer«-Spiel und hielt diese seitlich gegen den Kopf.

»So in etwa«, fügte sie hinzu.

»Todeszeitpunkt?«, fragte er.

»Schwer zu bestimmen. Heute Nacht tobte ein Sturm, der die Temperaturen gehörig schwanken ließ, und der Tote wurde kräftig durchnässt. Aber ich würde ein Zeitfenster zwischen drei und fünf Uhr morgens vermuten.«

Axel sah zur Leiche. Wie am Vortag am Westerdeich war ein gewisser Radius mit Absperrband »umzäunt« worden, um die Arbeit der Spurensicherer zu erleichtern.

»Das soll uns vorerst reichen. Ich denke, wir bekommen noch einen ausführlicheren Bericht«, meldete sich Hilka Martens zum ersten Mal zu Wort.

»Aber selbstverständlich. Ich veranlasse den Abtransport des Toten und schätze, dass ich ihn in knapp zwei Stunden auf dem Tisch habe.«

Die Gerichtsmedizinerin nickte ihnen abermals zu und zog dann ihrer Wege.

Axel und Hilka blieben zurück. Es dauerte eine weitere halbe Stunde, ehe der Leiter der Spurensicherung auf sie zukam.

»Gernot Michaelis«, stellte er sich vor.

»Ah, da lerne ich endlich die Stimme vom Telefon kennen«, meinte die Kommissarin lächelnd.

»Ja, genau. Ich freue mich auch«, erwiderte der hochgewachsene Mann im weißen Anzug. »Auch wenn die Umstände nicht sehr fröhlich sind.«

»Was haben Sie für uns?«

»Nicht viel, Herr Groot. Leider. Aber der Sturm letzte Nacht hat wie beim Fundort des ersten Toten allerhand Spuren, wenn Sie denn vorhanden waren, zerstört. Trotzdem ist klar, dass Harmsen hier gestorben ist. Unter seinem Kopf – an der Austrittswunde – hat sich das Blut ausgebreitet und ist angetrocknet.«

Er schaute auf sein Klemmbrett und las vom obersten Papierbogen ab.

»Also, der Revolver, den wir in seiner Rechten gefunden haben, ist wohl die Waffe, die für die tödliche Verletzung verantwortlich ist. Es sieht danach aus, als hätte er sie tatsächlich selber abgefeuert. Wir konnten das Handy des Toten sicherstellen. Es scheint unbeschädigt zu sein und wird nach der Untersuchung an Ihr Büro weitergegeben.«

Michaelis blätterte weiter. »Ah ja, wir haben ein kleines Fläschchen in der Außentasche seiner Lederjacke entdeckt. Es enthält vier weiße Pillen, von denen wir annehmen, dass es Ecstasy oder etwas Vergleichbares ist. Außerdem lag neben dem Toten eine leere Flasche Strohrum.«

Das dritte Blatt kam an die Reihe. »Dort hinten«, führte er den Bericht fort und deutete auf einen Punkt jenseits des Fundortes, »wurde ein Motorrad gefunden. Es handelt sich dabei um eine Suzuki VS 1400 Intruder.«

»Rot? Mit schwarzem Tank?«, unterbrach Hilka Martens.

»Korrekt.«

Axel schaute sie fragend an.

»Ich habe keine Ahnung von Motorrädern, aber ich kann mich an die Lackierung von Harmsens Maschine erinnern«, erklärte sie.

Die beiden wandten ihre Aufmerksamkeit wieder dem Kollegen zu, doch der zuckte nur mit den Schultern. »Mehr habe ich im Moment nicht.«

»Okay, dürfen wir uns der Leiche nähern?«

Michaelis gab mit einer einladenden Geste den Weg frei.

»Kein Problem, wir haben alles abgesucht. Da waren Fußspuren, aber das hier ist tagsüber ein stark frequentierter Wanderweg, weshalb das nicht ungewöhnlich ist.«

Axel und Hilka kletterten über das Absperrband und näherten sich dem Toten, der auf dem Rücken lag und ihnen mit starren Pupillen entgegenstarrte.

Obwohl er in der Vergangenheit oft mit Leichen konfrontiert worden war – und zwar in den verschiedensten Stadien der Verwesung oder anderen schrecklichen Zuständen –, schauderte es Axel nach wie vor, wenn er ein weiteres Mal an den Fundort eines Toten kam.

Er ließ sich langsam in die Hocke nieder.

Harmsens Kopf lag zur linken Seite gedreht, sodass er ihm entgegenblickte, was den Schauder für einen kurzen Moment verstärkte. Das ungute Gefühl wich so rasch, wie es ihm über den Rücken gerieselt war.

Zumindest etwas Gutes, wenn man an solche Dinge gewöhnt ist.

Axel deutete auf das Einschussloch, das kaum größer als ein Daumennagel war.

»Die Eintrittswunde ist klein und die Ränder sind geschwärzt.« Die eigene Stimme kam ihm ungewöhnlich laut vor, obwohl er sich sicher war, sie nicht erhoben zu haben.

»Die Mündung wurde also direkt aufgesetzt«, folgerte Hilka Martens.

»Genau. Ein Fernschuss kann also ausgeschlossen werden.«

»Moment«, warf die Kollegin ein. »Zweifeln Sie etwa daran, dass es Suizid war?«

Axel erhob sich. »Allerdings. Ich weiß nicht wieso, aber ich glaube nicht daran, dass Harmsen einfach so mir nichts, dir nichts wegen eines schlechten Gewissens Selbstmord begeht.«

Hilka lächelte ihn an.

»Sehe ich genauso, Chef.« Sie strich sich über das Haar, ehe sie weitersprach. »Alles an Harmsens Profil lässt eher annehmen, dass er sich verziehen und untertauchen würde. Er hat zwar noch nie jemanden umgebracht, aber ich denke, mit einem Mord oder zumindest einem Totschlag wäre er seelisch fertiggeworden.«

Axel atmete tief durch. Die kühle Luft war angenehm, vermochte allerdings das nagende Gefühl, das sich in seinen Eingeweiden festgesetzt hatte, nicht zu vertreiben.

»Außerdem wirkte er bei der Konfrontation mit Christel Behrend ehrlich verwirrt«, fügte die Kommissarin hinzu. »Wieso hätte er ihr gegenüber das vorspielen sollen?«

»Warum ist er überhaupt zu ihr gefahren?«, fragte Axel. »Das passt alles nicht zusammen. Das, was er sagte, scheint eher der Versuch einer Erklärung gewesen zu sein. Wollte er Christel klarmachen, dass er ihrem Vater nichts getan hat?«

Sie blickten sich einen Augenblick lang schweigend an.

Dann drehten sie sich um und verließen den Fundort.

Sie hatten genug gesehen.

20. Kapitel

Schweigend betraten sie die große Amtsstube.

Außer Vogt und Dyssen waren drei weitere Kollegen vor Ort. Der Polizeihauptmeister winkte. »Gut, dass ihr da seid. Kommt mal bitte. Rainer hat einen Erfolg zu verbuchen.«

»Was gibt's?«, fragte Hilka. Sie hoffte auf gute Nachrichten.

Dyssen lehnte sich im Schreibtischstuhl zurück und deutete auf den Computerbildschirm, auf dem das Logo eines bekannten internationalen Serviceanbieters für Internetdienste prangte.

»Okay, Sie sind im Netz«, sagte Groot ohne jede Begeisterung. »Und?«

Offenbar war ihm der Anblick des toten Mike Harmsen auf den Magen und die Laune geschlagen. Er hatte die Augen zu schmalen Schlitzen verengt und wirkte, als würde er sich darauf vorbereiten, jemanden gehörig zur Schnecke zu machen.

Ehe der schwelende Zorn hervorbrach, erklärte Dyssen, was sich auf dem Bildschirm präsentierte.

»Das ist die Cloud des Toten.«

Hilka öffnete stumm den Mund. Das Erstaunen schnürte ihr regelrecht die Kehle zu. Sie starrte auf den Screen und nahm verschwommen oben links in der Ecke Behrends vollen Namen und ein kleines Porträtfoto des Verstorbenen wahr. Sie hatte vergessen, ihre Brille aufzusetzen. Mit flinken Fingern holte sie das nach.

»Zum Glück wusste ich, welchen Anbieter der Tote nutzte«, fügte Dyssen hinzu. Ein zufriedener Ausdruck breitete sich auf seinem Gesicht aus. Hilka fand, er könne sich das erlauben.

»Und? Was haben Sie gefunden? Die gesuchten Dateien?«, fragte Groot.

»Da ist so einiges hochgeladen worden, Herr Oberkommissar. Es wurden mehr als fünfzig Dateien angelegt. Umfangreiches Zeug mit sehr viel Text, aber auch jede Menge Bilder.«

»Ist das alles beschriftet?«, wollte Hilka wissen.

»Ja, Behrend hat sehr gründlich gearbeitet. Er hat vor knapp einem Jahr mit der digitalen Archivierung begonnen.«

»Können Sie uns das alles auf unsere Rechner schicken?«

»Selbstverständlich, Herr Groot. Geben Sie mir ein paar Minuten.«

Der Oberkommissar knuffte Dyssens Oberarm und eilte in Richtung Treppenhaus.

Hilka nahm sich ein wenig mehr Zeit. Sie legte die Hände auf die Schultern des jungen Kollegen, beugte sich vor und raunte ihm ein leises »Gut gemacht« ins Ohr. Er strahlte über das ganze Gesicht.

Sie verließ ebenfalls die Amtsstube. Ihr Weg führte sie in die Kellerräume des Präsidiums, in denen Behrends Unterlagen lagerten. Ein paar Minuten später betrat sie das Büro des KED. Sie trug einen Pappkarton bei sich.

Groot hockte an seinem Schreibtisch und klickte sich wild durch das Menü der zugesandten Datenflut.

»Meine Güte, das Material vom alten Behrend ist wirklich bemerkenswert«, murmelte er. »Grundbucheinträge, Tagebuchauszüge, Zeitungsberichte … da kommt einiges zusammen.«

Hilka wuchtete den Karton auf den Schreibtisch. Die Stifte, Unterlagen und der Bildschirm wackelten.

»Sehr gut, dann lassen Sie uns anfangen, die Dateien abzugleichen. Wenn wir jetzt starten, werden wir vielleicht irgendwann vor Mitternacht fertig.«

21. Kapitel

Zum Glück dauerte es nicht so lang wie befürchtet.

Behrends hatte seine digitalen Unterlagen übersichtlich angelegt und mit vielen verschiedenen Querverweisen versehen. Das erleichterte die Durchsicht.

Nach etwas über einer Stunde fing die Durchsuchung der Cloud des Toten an, Früchte zu tragen. Weitere sechzig Minuten später erhob Axel sich vom Schreibtischstuhl und reckte sich ausgiebig. Ein leises Ächzen drang sich ihm aus der Kehle. Die Gelenke knackten so laut, dass es von den kahlen Wänden widerhallte.

Ja, du bist in Form, aber deine morschen Knochen erzählen eine andere Geschichte. Erschreckend lautstark sogar.

Er behielt diesen inneren Monolog für sich und griff nach der Kaffeetasse.

»Donnerwetter, Sie hatten absolut recht«, sagte Hilka Martens und nahm ihre Brille ab. Sie blinzelte und rieb sich die Nasenwurzel. »Behrend hat ja wirklich ganze Arbeit geleistet. Was der alles zusammengetragen hat.«

Axel trank einen Schluck. Er schielte auf den Aktenstapel, den sie in den letzten beiden Stunden mit den digitalen Daten abgeglichen hatten.

»Also, was haben wir?«, fragte er, während er Filterpapier einlegte und die Dose mit dem Kaffeepulver suchte.

»Vor mir liegen zwölf Ordner, in denen es um die historischen Hintergründe verschiedener Gebäude in Norden und dessen Umgebung geht«, erklärte die Kommissarin. »Unter anderem ist auch ein umfangreiches Dossier des Gebäudes, in dem wir uns im Augenblick befinden, darin enthalten.«

»Geschichtsträchtiger Grund«, merkte Axel an. Er ließ Wasser in die leere Kaffeekanne laufen. »Weiter bitte.«

Hilka Martens räusperte sich, setzte die Brille wieder auf und nahm einen handbeschriebenen Zettel hoch. »In der Cloud finden sich unter dem Kapitel ›Gebäude und Bauwerke‹ neununddreißig Eintragungen.«

Groot schaltete die Maschine ein und schritt dann, begleitet von leisem Gluckern und Zischen, zum Schreibtisch zurück.

»Wenn wir davon ausgehen, dass Behrend alle Gebäudedateien übertragen hat«, dozierte er, »ist es wohl nicht verwegen anzunehmen, dass die siebenundzwanzig Akten, die fehlen, die sind, die gestohlen wurden.«

»Hmm«, lautete die einzige Erwiderung.

»Hmm?«

Hilka starrte auf den Bildschirm. Sie wirkte abwesend. Nach einer halben Minute fing Axel an, sich zu sorgen. Unbegründet, wie sich herausstellte.

Ihr Kopf ruckte in die Höhe und sie nahm den Faden wieder auf. »Ist es wirklich so einfach? Die Akten, die als echte Dokumente fehlen, waren für den Täter so interessant oder brannten ihm dermaßen unter den Fingern, dass er sie stehlen musste?«

»So scheint es.«

Die Kommissarin wirkte niedergeschlagen, was Axel nicht verstand. »Was ist denn?«

»Das scheint nur so … billig zu sein. Zu einfach für meinen Geschmack.«

»Was haben Sie gegen einfach, Frau Martens?«

Sie zuckte anstelle einer Antwort nur mit den Schultern.

»Einfach ist für mich okay«, erklärte er. »Verbrecher folgen zumeist simplen Motiven. Ich glaube, das muss ich Ihnen nicht erklären, oder?«

»Na ja, in Hamburg auf dem Kiez war das tatsächlich so«, gab sie zu.

»Bei den meisten Morden oder Tötungsdelikten geht es um Dinge wie Wut, Neid oder Rache. Das ist nicht kompliziert. Das ist einfach.«

Axel deutete auf die Aktenordner. »Wir wissen nicht, was den Täter bewog, die fehlenden Unterlagen zu stehlen.«

»Noch nicht«, fügte Hilka Martens hinzu und unterbrach ihn in seiner Ansprache.

»Noch nicht«, bestätigte er nickend. »Ich bin der Meinung, wir sollten uns auf die Objekte konzentrieren, deren Akten uns nur in der Cloud vorliegen. Vielleicht haben der oder die Täter mit diesem vermeintlich raffinierten Schachzug, der uns dumm aussehen lassen soll, tatsächlich einen entscheidenden Fehler gemacht.«

Die Kommissarin wirkte unschlüssig und schürzte die Lippen. Dennoch nickte sie. »Okay, dann wollen wir mal schauen, was wir genau haben.« Sie markierte die siebenundzwanzig Dateien und lud sie in den Rechner hoch. Sie ordnete die Fundstücke so, dass sie nebeneinander auf dem Bildschirm zu sehen waren.

Axel zählte die Objekte auf. »Ein ehemaliges Feuerwehrgerätehaus, ein alter Dorfkrug, der schon seit Mitte des letzten Jahrhunderts leer steht, ein …«

»Diese Datei wurde von Behrend in den Tagen vor seinem Tod häufiger angeklickt als alle anderen Ordner zusammen«, unterbrach Hilka ihn. »Sie war wohl für ihn von großer Bedeutung.«

Axel schenkte der Kollegin einen scheelen Blick, auf den sie nicht einging.

»Dann scheint unsere Suche ja erfolgreich gewesen zu sein«, fügte er hinzu. Insgeheim ärgerte er sich, dass ihm nicht die Idee gekommen war, zu überprüfen, wie oft welche Datei geöffnet worden war.

»Okay, es handelt sich um einen alten Bauernhof, der erst seit Kurzem wieder in Betrieb ist. Liegt nicht weit von Neßmersiel entfernt. Ein wenig nördlich, direkt am Deich.«

Hilka scrollte runter. »Behrend hat den Namen Thomas Berg eingegeben. Scheint der derzeitige Besitzer zu sein. Ich schlage vor, wir statten ihm einen Besuch ab.«

Ehe Axel antworten konnte, hatte sie die Adresse notiert und reichte ihm den Zettel mit einem breiten Lächeln auf den Lippen.

»Ich bin wieder einmal sehr beeindruckt, Frau Martens.«

Sein Blick strafte die Aussage Lügen.

Die Kommissarin verschwendete keine Zeit, schwang sich geschmeidig aus dem Stuhl und griff sich ihre Jacke. »Dann lassen Sie uns loslegen, Chef.«

Sie eilte zum Treppenhaus. Axel sah ihr mit einem Anflug von Neid hinterher, ehe er sich in Bewegung setzte und ihr folgte.

Ihre Gelenke hatten beim Aufstehen nicht geknackt.

Süße Jugend, bist fürs Alter ein bohrend Stachel, dachte er.

22. Kapitel

Bis zu ihrem Ziel waren es knapp achtzehn Kilometer.

Hilka klemmte sich hinter das Steuer des Dienstwagens, was Axel Groot anstandslos hinnahm.

Er lehnte sich entspannt zurück, während sie die Zieladresse ins Navi eingab. Sie startete den Motor.

Ein schmales Lächeln umspielte seine Lippen.

»Alles in Ordnung bei Ihnen?«, fragte sie.

»Oh ja, total«, antwortete er mit süffisantem Unterton. »Ich finde es schön, mich ein wenig herumkutschieren zu lassen. Gestern hat mich einer unserer Kollegen nach Hause gefahren. War sehr entspannend. Ich konnte die Gegend richtig genießen.«

»Chef zu sein, hat Privilegien«, meinte sie nur und lenkte den Wagen am Marktplatz vorbei. Hinter dem Kreisverkehr lag die Norddeicher Straße, die in nordwestlicher Richtung aus Norden herausführte.

Es hatte sich erneut bezogen. Dunkle Wolken hingen dicht und tief am Himmel. Es war zwar trocken geblieben, dafür rüttelte kräftiger Wind am Fahrzeug.

»Laut Wetterbericht soll uns heute Nacht noch einmal ein ganz schönes Unwetter heimsuchen«, sagte Hilka. Nach Minuten des Schweigens hatte sie den Eindruck, sie müsse das Gespräch in Gang bringen. Auf so etwas wäre sie früher nie von sich aus gekommen.

In den letzten vierundzwanzig Stunden hatte sich allerhand verändert. Sie hatte erkannt, dass es besser war, sich mit der gegenwärtigen Situation abzufinden. Nein, mehr noch, dass es durchaus möglich war, dass ihr ihre jetzigen Lebensumstände eventuell sogar gefielen.

Sie hatte allem in Ostfriesland negativ gegenübergestanden. Ihrer neuen Wohnung, dem neuen Job … dem neuen Chef …

Letzteres bedauerte sie ganz besonders.

»Habe ich auch gehört«, antwortete Groot. Er sah versonnen, ja fast schon verträumt durch das Beifahrerfenster. »Ab morgen wird es dann wieder besser. Mehr Sonne, aber auch kälter.«

Sie setzte den rechten Blinker und bog in die Ostermarscher Straße, die bis nach Neßmersiel führte. Die Unterhaltung drohte erneut abzubrechen und Hilka überlegte fieberhaft, wie das zu verhindern sei.

»Übrigens war das gestern ernst gemeint«, sagte sie, nachdem sie sich die Stimmbänder freigeräuspert hatte.

Der Oberkommissar drehte den Kopf in ihre Richtung. »Wie meinen?«

»Das gestern war ernst gemeint. Also die Entschuldigung wegen der Pfütze.«

»Ach so, das meinen Sie.« Groot lachte auf. »Na, das will ich auch hoffen, junge Dame. Das war schon hart an der Grenze.«

Hilka lachte ebenfalls. Sie schien das richtige Gesprächsthema gefunden zu haben.

»Lassen Sie man gut sein, Frau Martens. Ich weiß gar nicht mehr, warum ich mich gestern so aufgeregt habe. Eigentlich war es wirklich kaum der Rede wert.«

Sie schüttelte den Kopf. »Nein, da muss ich Ihnen widersprechen.«

»Tatsächlich?«

»Ja, denn ich bin tief in mich gegangen und habe darüber nachgedacht. Ich war gestern Morgen abgelenkt. Es hätte schlimmer ausgehen können und das tat und tut mir immer noch sehr leid.«

Links wuchs eine grüne Wand in die Höhe. Sie hatten den Deichverlauf erreicht. Bald würde die Stelle in Sicht kommen, an der es am Vortag zu dem spritzigen Aufeinandertreffen gekommen war.

»Ich nehme die Entschuldigung an und versichere Ihnen gleichzeitig, dass es wirklich okay ist. Es ist nichts passiert. Ich denke mal, in Anbetracht der Umstände, die Sie hierherführten, ist es nicht verwunderlich, wenn Sie etwas abgelenkt waren.«

Hilka presste die Lippen fest aufeinander. Es fiel ihr immer noch schwer, darüber zu sprechen.

»Ja, es war nicht einfach.« Diesmal hatte sie gezögert.

»Wir haben das Thema bei unserer kleinen Unterhaltung nicht angeschnitten, aber ich denke mal, dass Sie nicht ganz freiwillig hierhergekommen sind, oder?«

Sie runzelte die Stirn. Diese Frage berührte eine empfindliche Stelle. »Ja, allerdings. Ich wäre lieber in Hamburg geblieben. Ist das so offensichtlich?«

Axel Groot rieb sich über das Kinn. Das schien eine unbewusste Bewegung zu sein, wenn er nachdachte.

»Sie dürfen nicht vergessen, dass ich Einblick in Ihre Personalakte habe. Dieser letzte große Fall, den Sie bearbeitet haben, hat weite Kreise gezogen. Den Neffen eines angehenden Staatsanwalts zu verhaften ist eine harte Nummer.«

Für einen Moment flammte Zorn in ihr auf. »Hätte ich es denn Ihrer Meinung nach nicht tun sollen?« Sie stieß die Worte fauchend aus. Als ihr das klar wurde, war es schon zu spät.

Ihr Chef hob beschwichtigend die Hände. »Um Gottes willen. Das habe ich damit nicht gemeint. Sie haben genau das Richtige getan und ich hätte an Ihrer Stelle nicht anders gehandelt.«

Hilka beruhigte sich wieder und nahm den Fuß vom Gas. Sie hatte ungewollt beschleunigt.

»Was ich sagen wollte«, fuhr Groot fort, »ist nur, dass Ihnen vorher doch klar gewesen sein muss, dass es Ärger geben würde. Und trotzdem haben Sie dem Kerl zwei Zähne ausgeschlagen, als er sich der Verhaftung widersetzte.«

»Zweieinhalb«, korrigierte Hilka. »Und er hat sich nicht einfach widersetzt, nein, der Mistkerl hat eine Champagnerflasche zerschlagen und ging auf einen meiner Kollegen los.«

Sie holte tief Luft, denn bei der Erinnerung beschleunigte sich ihr Herzschlag. Es war fast so, als liefe die Attacke erneut vor ihr ab.

»Er war schnell, das muss ich zugeben.« Eine kleine Pause folgte. »Aber ich war schneller.«

Groot starrte wieder aus dem Fenster. Sie konnte nicht sehen, ob er lächelte.

»Wie es für Sie endete, wissen wir ja«, sagte er. »Zum Glück wurde sein Versuch, Ihnen ungerechtfertigte Gewalt in die Schuhe zu schieben, gleich im Ansatz abgewürgt. Trotzdem nehme ich an, dass man Ihnen nahelegte, sich versetzen zu lassen. Am besten auf eine abgelegene, ruhige Dienststelle.«

»Sie verstehen es, die richtigen Schlüsse zu ziehen«, räumte sie ein.

»Ja, darin bin ich wirklich gut. Aber ich habe den Eindruck, Sie verstehen auch etwas davon.«

»Ich versuche mein Bestes.«

»Es gibt kein Versuchen«, erwiderte der Oberkommissar. »Tu es, oder tu es nicht.«

»Sie klingen wie Yoda aus Star Wars.«

Groot runzelte überrascht die Stirn. »Sie kennen die Filme?«

»Ich liebe sie sogar«, lachte Hilka. Das war eine Überraschung. Mit allem hätte sie gerechnet, aber nicht damit, dass ihr neuer Chef auf Space-Operas stand. Genau wie sie.

»Na, dann haben wir ja schon mal eines gemein«, meinte er und lächelte wie ein kleiner Junge.

»Nein, das stimmt nicht. Uns verbindet noch etwas.«

»Und das wäre?«

»Wir waren beide blöd genug, um zur Polizei zu gehen«, antwortete sie.

»Stimmt auffallend, Frau Kollegin.«

Hilka beschloss die Unterhaltung mit einem kräftigen »Amen«.

23. Kapitel

Der alte Bauernhof lag dicht an der vom Meer abgewandten Seite des Deichs.

Axel gewann den Eindruck, er würde sich regelrecht anschmiegen. Dem Anblick haftete etwas Unwirkliches an, als die Sonne zwischen Wolkenlücken hervorbrach und sich ein dunkler Schatten über dem Gebäude ausbreitete.

»Der ursprüngliche Erbauer hatte das Problem damals nicht«, meinte Hilka Martens, die den Blick ihres Vorgesetzten richtig deutete. »Damals gab es den Deich noch nicht und demzufolge auch keinen Schatten. Die Küstenlinie war weiter nach Norden verlagert.«

Axel stellte den Kragen auf, was dem Nacken nur geringfügigen Schutz gegen den schneidenden Wind bescherte.

»Das ist ja interessant«, antwortete er. »Sie haben Behrends Bericht sehr aufmerksam gelesen, wie mir scheint.«

Sie traten durch einen breiten Zugang in den Innenhof, der durch das Hauptgebäude, eine hohe Scheune und einen Stallanbau gebildet wurde.

Metallenes Klappern drang an ihre Ohren. Rechts von ihnen, im offenen Scheuneneingang, stand ein heller Iveco-Transporter mit geöffneter Motorhaube. Beine ragten darunter hervor. Der Rest des Körpers war nicht zu erkennen. Das Knarren einer Ratsche war zu hören.

»Herr Berg?«, fragte Axel.

Der Mann, der so emsig am Motor herumschraubte, richtete sich ruckartig auf und knallte mit der Schläfe gegen die geöffnete Haube, was einen dumpfen Laut erzeugte.

Stöhnend rieb er sich die Stelle am Kopf und warf den Kommissaren einen vorwurfsvollen Blick zu.

»Wer will'n das wissen?«, fragte er.

Hilka Martens hielt ihren Dienstausweis entgegen. »Kommissar Martens, Oberkommissar Groot, Polizei Norden.«

Der Leidgeprüfte hörte auf, die verfärbte Stelle zu reiben, und starrte sie verdattert an.

»Polizei?«

»Allerdings«, entgegnete Axel. »Tut mir leid, dass ich Sie erschreckt habe. Sie sind Thomas Berg, richtig?«

Der Angesprochene nickte. Ein schiefes Lächeln breitete sich auf seinen kräftigen Lippen aus. »Jo, der bin ich. Moin erstmal.«

»Moin, moin«, erwiderte Axel für sich und stellvertretend für die Kollegin. »Ich hoffe, Sie haben sich nicht allzu sehr wehgetan.«

Berg deutete auf die Schläfe. »Ach deswegen? Keine Sorge, ich bin Kummer gewohnt. Sowas kommt öfters vor, als man meinen mag.«

»Allerdings«, antwortete Hilka Martens. »Sie haben da am linken Auge ein Veilchen.«

»Och jo, genau. Da hat mich dat seute Deern erwischt.«

Axel wechselte einen ratlosen Blick mit der Kollegin. Sie zuckte mit den Achseln.

Ein dröhnendes Lachen drang aus Bergs Kehle. Der Mann wirkte mit seinen breiten Schultern wie eine menschgewordene Naturgewalt. Mit Sicherheit besaß er Bärenkräfte.

»Dat seute Deern ist eine meiner vier Kühe«, erklärte er. Er zwinkerte den Polizisten zu. »Sie is'n büschen kiebich. Und da ich von Hand melke, klatscht sie mir manchmal eine. Mit'm Schwanz, wenn Sie verstehen?«

Axel nickte. Natürlich verstand er.

»Na, da das nu geklärt is, können Sie mir ja mal erklär'n, was Sie hier woll'n.«

»Aber selbstverständlich.« Groot holte aus der Innentasche ein Foto hervor. Es war eine knapp drei Monate alte Aufnahme von Rolf Behrend. Norbert Erhardt hatte sie ihm überlassen. »Kennen Sie diesen Mann?«

Berg nahm das Bild entgegen, starrte es einen Augenblick an und nickte dann. »Jo, das ist dieser … dieser Geschichtsexperte. Ich komme nich auf den Namen.«

»Rolf Behrend«, half Hilka Martens aus.

Der Landwirt schnippte mit den Fingern. »Jo, genau. Behrend. Der war'n paarmal hier und hat sich das Haus angeguckt. Meinte, das wär'n ganz wichtiger historischer Bau und so.«

Axel nahm das Foto zurück. »Hat er sich für sonst noch etwas interessiert?«

Berg kratzte sich am Kinn, dass die Bartstoppeln knisterten.

Er schüttelte den Kopf. »Nö, nich, dass ich mich erinnern könnte.«

Hilka Martens notierte wieder in ihrem Block.

»War er öfters hier?«, stellte sie die nächste Frage.

»Jo, drei-, viermal, glaube ich. Also im letzten Jahr. In diesem Jahr nicht. Außer er kam her, wenn ich mal nicht zu Hause war.«

Axel umrundete den Transporter. Die Schiebetür zum Laderaum stand offen und er sah, dass der Boden verdreckt war. Lehmige Brocken lagen überall verstreut herum.

»Die blöde Karre zickt seit gestern rum«, erklärte der Landwirt. »Muss mal genau reingucken. Ich kenn mich da'n büschen aus.«

Hilka trat vor. Obwohl sie nicht unbedingt klein war, wirkte sie neben Berg wie ein Winzling.

»Kennen Sie einen gewissen Michael Harmsen? Er wird meistens Mike genannt.«

Der Hüne legte die Stirn in Falten und rieb sich wieder die Bartstoppeln.

»Bedaure, kann ich nich mit dienen.«

Der Oberkommissar ließ den Blick schweifen. »Was für Landwirtschaft betreiben Sie? Getreideanbau?«

Berg zog den Hosenbund in die Höhe und grinste breit.

»Na ja, eigentlich ist das alles hier nur'n Hobby für mich. Ich hab gut geerbt und den Hof im letzten Jahr gekauft. Wollte mir'n Kindheitstraum erfüll'n.«

»Aha.« Hilka Martens zog die Stirn kraus. »Wie dürfen wir das verstehen?«

»Wie schon? Ich brauch nicht viel zu tun. Ich hab meine paar Kühe und ein paar Dutzend Hühner. Die Eier verkauf ich in Norden auf'm Markt. Besonders günstig. Ansonsten mach ich hier das, was mir gefällt.«

»Das ist doch in dieser Branche eher ungewöhnlich, oder?«, hakte Axel nach. Die unbedarfte Art des Landwirts nervte ihn. Er verstand selber nicht, warum er so empfindlich auf dessen Gerede reagierte.

Ich bin wohl übermüdet.

Berg zuckte mit seinen mächtigen Schultern. Je länger er so dastand, desto mehr wurde dem Oberkommissar klar, dass er offenkundig nur aus Muskeln zu bestehen schien.

»Is doch meine Sache. Ich will keinen Stress und nur'n büschen rumwogen. N' büschen über das Land schüsseln, n' büschen die Zeit rumbringen. Wenn ich vergrößern will, mach ich das, wenn nicht, auch gut. Ich brauch mich nich abhetzen. So gefällt mir das.«

»Okay, daran ist nichts auszusetzen. Ich habe mich nur gewundert.«

»Soll ich Ihnen mal den Hof zeigen?«

»Das wäre nett«, entgegnete Axel.

Berg zog einen Lappen aus der Brusttasche seines Overalls und wischte sich die Finger ab.

Er marschierte in Richtung Stall. »Denn komm' Se mal mit.«

Groot hatte Mühe, mit den Riesenschritten des Landwirts mitzuhalten.

Sie passierten einen Misthaufen, vor dem eine Schubkarre lag. Ein Traktor stand direkt vor der Eingangstür des Hauptgebäudes. Ein paar freilaufende Hühner nahmen vor ihnen gackernd Reißaus.

Berg öffnete die Stalltür und trat ein. Er zog den Kopf ein, um nicht mit dem Türsturz zu kollidieren. Im Inneren richtete er sich wieder auf und deutete auf seine Kühe mit großer Geste. Als wäre er ein Showmaster im Fernsehen, der die aktuellen Hauptgewinne präsentierte.

Die Tiere standen in gemauerten Boxen. Träge wandten sie die Köpfe. Hilka Martens folgte mit einem Gesichtsausdruck, der klarmachte, dass sie sich an diesem Ort nicht wohlfühlte. Das Vieh und das am Boden liegende Stroh verbreiteten einen intensiven Geruch.

Kein echtes Kind vom Lande, dachte Axel belustigt. Er ließ den Blick kurz schweifen.

Es gab noch weitere Boxen, zwölf insgesamt, doch die meisten wurden nicht benutzt.

Axel nickte anerkennend, während er die nächste Frage stellte. »Hat Herr Behrend erklärt, warum der Hof so eine historische Bedeutung hat?«

»Jo«, antwortete der Landwirt. »Er sagte, dass der Hof eben sehr alt sei. Aus'm späten siebzehnten Jahrhundert oder so. Is zwar öfters restauriert worden, aber im Wesentlichen blieb das Gebäude dasselbe. Der Stall ebenso. Nur die Scheune wurde irgendwann komplett neu gebaut.«

»Ach so. Ich dachte eher an eine Bedeutung während der Zeit des Teeschmuggels«, meinte Axel.

»Jo, richtig. Aber alles, was damit zu tun hatte, wurde wohl umgebaut, als die Scheune dazukam.«

Hilka Martens warf ihrem Vorgesetzten einen verständnislosen Blick zu. Sie begriff nicht, warum er diese Fragen stellte, und Axel gestand sich ein, dass es ihm ähnlich erging.

Er war ratlos, stocherte wahllos herum. Es erschloss sich ihm nichts, was mit dem Mord an Behrend in Verbindung zu bringen war. Alles, was er entdeckt hatte, war ein kostspieliges, aber legales Hobby eines Sonderlings, der den Eindruck erweckte, er könne nur mit Mühe die Wochentage in der richtigen Reihenfolge aufzählen.

Jetzt wirst du ungerecht, ermahnte er sich in Gedanken.

Er wanderte ein wenig durch den Stall, schob mit den Füßen die dicke Lage Stroh auf dem Boden beiseite und gab einer der Kühe einen kleinen Klaps auf das Hinterteil.

Nein, hier war im Moment wirklich nichts zu finden, was sie in ihren Ermittlungen weiterbrachte. Oder doch?

Da war so ein Gefühl, das vom Nacken aus die Wirbelsäule herunterzog. Ihm war, als habe er etwas übersehen. Aber was?

Er stellte fest, dass sowohl Berg als auch Hilka Martens ihn fragend anstarrten. Anscheinend schon eine ganze Weile.

Er lächelte den Landwirt freundlich an und reichte ihm die Hand. Dieser erwiderte den Griff und der Oberkommissar bedauerte den Handschlag augenblicklich. Ein stechender Schmerz fuhr ihm über die Finger bis in die Schulter hoch. Er unterdrückte mit Mühe ein Stöhnen.

Wenn die Knochen heil geblieben sind, bin ich der größte Glückspilz aller Zeiten.

»Ja, das war es eigentlich schon, Herr Berg«, sagte er mit gepresster Stimme und zog die pochende Hand zurück. »Wir müssen dann mal wieder.«

»Was is'n eigentlich los? Weshalb fragen Sie'n all das?«

Verdammt, er hat mich doch noch gefragt, schoss es Axel durch den Kopf. *Wenn er es nicht getan hätte, hätte ich angenommen, er würde etwas verbergen.*

»Herr Behrend ist ermordet worden«, antwortete Hilka Martens.

»Verdammich«, entfuhr es dem Hünen. »Wirklich?«

»Ja, stand übrigens heute alles in der Zeitung«, erklärte Groot.

»Les ich nich, hab ich keine Lust drauf. Ich guck nur die Tagesschau.«

»Na, dann ist es nicht verwunderlich, dass Sie es nicht gewusst haben.«

Axel nickte ihm zu. »Wenn noch was sein sollte oder uns noch etwas einfällt, kommen wir auf Sie zurück, in Ordnung?«

Erneutes Zucken mit den mächtigen Schultern. Der fragende Ausdruck auf dem Gesicht des Landwirts blieb.

»Tschüss«, rief Axel und schlug den Weg zum Dienstwagen ein.

Kaum hatte er Bergs Sichtweite verlassen, war sein Lächeln wie weggewischt.

Dieser Besuch hatte nicht viel gebracht.

Ach was, Reinfall war das passende Wort.

Und so etwas wurmte Axel Groot mehr als ein Gesprächspartner, der ihn nicht ernst nahm.

24. Kapitel

Als die Kommissare das Polizeipräsidium betraten, sprang Rainer Dyssen vom Stuhl auf und trat an den Tresen. Er wirkte aufgeregt.

»Alles in Ordnung mit Ihnen?«, fragte Hilka. Sie schüttelte den letzten Rest Enttäuschung ab. Der Ausflug zum Berg-Hof hatte nur Zeit verschwendet.

»Ja, kann man wohl sagen. Ich habe die Liste abgearbeitet, die Herr Groot von dem Hausmeister erhalten hat.«

Axel schlug sich mit der flachen Hand gegen die Stirn. »Die Leute aus dem Verein, denen Behrend zu nahe getreten ist. Die hatte ich vollkommen vergessen.«

Der junge Beamte grinste. »Ich zum Glück nicht, Herr Oberkommissar.«

Hilka schmunzelte. Dyssen schien mehr Selbstbewusstsein zu entwickeln.

»Und haben Sie etwas herausgefunden?«, fragte Groot lächelnd.

Die Miene des Kollegen verdüsterte sich. »Leider nein. Auf der Liste sind elf Namen. Drei Personen leben in Ostfriesland. Zwei davon sind derzeit im Ausland unterwegs und einer ist dreiundachtzig Jahre alt und hat seine akademische Laufbahn vor zwölf Jahren beendet. Der Rest ist über Deutschland verteilt.«

»Nichts Aktuelleres?«, fragte Hilka. Sie unterdrückte mit Mühe die Frustration in ihrer Stimme.

Dyssen schüttelte den Kopf. »Natürlich konnte noch nicht alles aufgearbeitet werden, aber ein brauchbarer Hinweis liegt bisher nicht vor.«

»Bleiben Sie bitte dran«, sagte Groot nachdenklich. »Versuchen Sie jeden zu erreichen, der auf der Liste steht. Bitten Sie im Bedarfsfall vor Ort um Amtshilfe.«

»Wird gemacht«, versprach Dyssen. »Aber das ist noch nicht alles.«

»Oho, noch mehr Informationen?« Hilka klatschte übertrieben in die Hände. »Ist denn heut schon Weihnachten?«

Groot warf ihr einen undefinierbaren Blick zu.

Fragt er sich, ob ich noch alle Tassen im Schrank habe?

Ein schelmisches Lächeln, das sich in seine Mundwinkel kerbte, beantwortete die Frage.

Er hat Humor, gut zu wissen.

»Es geht um den Revolver, mit dem Harmsen sich erschossen hat«, antwortete Dyssen.

»Mutmaßlich«, präzisierte Hilka.

»Ich habe die Registrierungsnummer ins System eingegeben und nun kommt's: Die Waffe gehört zum Diebesgut der Bande, die all diese Einbrüche begangen hat«, fuhr der Polizeimeister ungerührt fort. »Sie wurde gemeinsam mit den beiden Bildern aus dieser Villa bei München gestohlen.«

Groots Augenbrauen hoben sich wie ein Rollo und Hilka stieß die Luft gepresst aus.

»Kein Irrtum möglich?«, hakte sie nach.

Dyssen schüttelte den Kopf. »Ich habe es zweimal überprüft. Die Nummer passt.«

»Damit ist eindeutig erwiesen, dass Harmsen an all diesen Einbrüchen beteiligt war«, erklärte die Kommissarin.

»Abwarten«, warf Groot ein. »Abwarten, Frau Kollegin.«

Er wandte sich an Dyssen. »Sie bleiben jedenfalls am Ball, was die Leute von der Liste angeht.«

»Selbstverständlich«, sagte der junge Kollege. Es hätte nur noch gefehlt, wenn er salutiert hätte. »Übrigens haben Sie Besuch. Frau Dr. Willers ist in Ihrem Büro. Ich habe ihr erlaubt, dort auf Sie zu warten.«

»Sehr gut«, meinte Groot nur. Er eilte in Richtung Treppenhaus davon. Hilka folgte ihm.

Kristine Willers saß am Schreibtisch der ehemaligen Kollegin Rickmers und stellte soeben eine Tasse darauf ab.

»Ich hoffe, es ist in Ordnung, aber ich brauchte einen kleinen Muntermacher.«

»Mi casa es tu casa«, antwortete der Oberkommissar.

Ach was, der Chef spricht auswärts. Interessant.

Hilka schüttelte bei dem Gedanken den Kopf und nahm auf ihrem eigenen Schreibtischstuhl Platz, nachdem sie die Jacke ausgezogen hatte.

»Ihr Haus ist mein Haus«, entgegnete Dr. Willers. »Das ist wirklich zu freundlich von Ihnen. Als kleines Dankeschön für diese Freundlichkeit habe ich ein Geschenk für Sie beide.«

Sie tippte auf einen Schnellordner, der vor ihr lag.

»Der vollständige Autopsiebericht von Mike Harmsen?«, fragte Hilka hoffnungsvoll und griff danach. Groot zog ihn ihr mit einer schnellen Bewegung aus den Fingern und schlug ihn auf.

Die Gerichtsmedizinerin schüttelte den Kopf und nahm einen Schluck. Sie verzog ihr Gesicht, als hätte sie etwas total Ekelhaftes zu sich genommen.

»Nein, so weit bin ich leider noch nicht. Aber alles, was ich bereits herausgefunden habe, steht in dem Ordner.«

»Harmsen stand unter Drogen?«, fragte Groot.

»Ja, er hat sich ziemlich zugedröhnt«, antwortete Dr. Willers und rückte sich die Brille auf ihrer Nase zurecht. »3,4-Methylendioxy-N-methylamphetamin oder Ecstasy, wenn Ihnen dieser Name besser gefällt. Er hatte einiges davon mit einer gehörigen Menge Alkohol geschluckt.«

Hilka erinnerte sich an die leere Strohrumflasche, die neben Harmsen gefunden worden war. »Kann man noch fahren, wenn man so viel intus hat?«

»Ganz bestimmt nicht, aber es ist nicht auszuschließen, dass er sich einige Zeit vor seinem Tod in dem Wald eingefunden hat. Es wird mittlerweile recht früh dunkel, sodass ihn niemand sah. Vielleicht hat er sich erst vor Ort volllaufen lassen und die Pillen eingeworfen.«

»Wäre möglich«, brummte Groot, klappte den Ordner zu und reichte ihn an die Kommissarin. »Augenscheinlich bringt uns das alles nicht wirklich weiter. Vielleicht müssen wir einen neuen Ansatz suchen.«

»Also dabei kann ich Ihnen nicht helfen«, erklärte die Gerichtsmedizinerin und erhob sich. »Ich muss zurück, da wartet noch viel Arbeit auf mich. Alle weiteren Ergebnisse folgen nach, okay?«

»Natürlich, danke erstmal«, erwiderte der Oberkommissar.

Dr. Willers nickte den beiden Polizeibeamten zu und verließ mit zügigen Schritten das Büro.

»Wie meinten Sie das mit dem Ansatz?«, fragte Hilka.

Groot goss sich Kaffee ein. »Nun, ich habe da so ein Gefühl, aber ich glaube, Harmsen war nicht unser Täter.«

Hilka legte den Ordner beiseite und lehnte sich im Stuhl zurück. Sie verschränkte die Hände am Hinterkopf. »Da rennen Sie bei mir eine offene Tür ein, Chef.«

»Ach wirklich?«

»Ja, wir haben schon darüber gesprochen. Harmsen war nicht dumm. Wenn er tatsächlich für Behrends Tod verantwortlich gewesen wäre, wäre er doch niemals nach Norden zurückgekehrt.«

Groot nickte.

»Stimmt, er hätte sich verkrümelt, sich ein Versteck gesucht und wäre für Tage oder sogar Wochen nicht rausgekommen.« Er atmete schnaubend durch. »Einfach so unbekümmert nach Norden zu fahren, tagsüber und dann auch noch auf seinem auffälligen Motorrad, das hätte er niemals getan.«

»Außerdem glaube ich nicht daran, dass ihn das schlechte Gewissen in den Suizid getrieben hätte. Dafür war er nicht der Typ«, fügte Hilka hinzu.

»Sehe ich genauso. Ich habe den Eindruck, als möchte uns jemand Harmsen als Schuldigen schmackhaft machen. Das Diebesgut in seiner Wohnung war mir auch zu offensiv ausgebreitet. Und zusätzlich auch noch der Umstand, dass Harmsen einen Revolver benutzt haben soll, der ebenfalls zur Beute aus diesen Raubzügen gehört.«

Hilka nickte ihrem Chef zu. »Ich verstehe, was Sie meinen, wobei natürlich nicht auszuschließen ist, dass alles, was in den letzten zwei Tagen passiert ist, nicht doch mit diesen Einbrüchen zu tun hat.«

Groot setzte sich an den zweiten Schreibtisch. Er starrte auf die Tasse in seiner Hand, als könne er Antworten auf die offenen Fragen auf der Oberfläche des Kaffees ablesen.

»Dann gehen wir mal davon aus, dass Harmsens Komplizen ebenfalls mit drinstecken.«

Hilka legte den Kopf in den Nacken und sah zur Decke.

»Spekulieren wir weiter: Harmsen tötet Behrend und lenkt dadurch die Aufmerksamkeit auf sich. Sehr zum Ärger der Komplizen, denn sie selber geraten dadurch auch in Gefahr.«

»Es könnte auch sein, dass Behrend von ihnen umgebracht wurde. Der Grund steht vielleicht mit den Unterlagen in der Cloud in Verbindung.«

»Etwa mit Bergs Hof?«, gestattete Hilka sich eine Zwischenfrage.

»Kann sein, oder auch nicht«, erwiderte Groot. »Aber die Komplizen beschließen, Harmsen als Sündenbock zu nutzen.«

»Sie stehlen Behrends Laptop und einige Unterlagen und drapieren einen Teil des Diebesguts in der Wohnung.«

»Alles in einer Nacht«, räumte der Oberkommissar ein. »Der Sturm kommt ihnen in vielerlei Hinsicht zugute. Er verwischt Spuren, verklärt Todeszeitpunkte und dient als Schutz vor den Blicken Neugieriger. Sehr geschickt.«

»Kann man wohl sagen«, stimmte Hilka zu. »Sie machen sich die tobenden Elemente zunutze. In zwei aufeinanderfolgenden Nächten. Das erleichtert die Beseitigung der Toten. Vielleicht hatten sie andere Pläne mit den Leichen, doch der Sturm spielt ihnen in die Hände.«

»Außerdem hilft ihnen Christel Behrends Aussage. Die ermittelnden Polizeibeamten – also wir – stürzen uns regelrecht auf den vorbestraften und gewalttätigen Harmsen …«

»… und lassen dabei andere Möglichkeiten außer Acht«, vollendete die Kommissarin den Satz.

Stille legte sich über das Büro.

»Natürlich alles reine Spekulation«, sagte Groot nach einer Weile.

»Sehr spekulativ sogar«, stimmte Hilka zu.

»Aber schlüssig«, brummte der Oberkommissar.

Er nahm endlich den ersten Schluck aus der Tasse.

Im selben Moment fuhr er aus seiner entspannten Haltung in die Höhe und riss die Augen auf. Hilka federte ebenfalls auf die Beine. Es sah aus, als wolle Groot im weiten Bogen ausspucken. So weit kam es nicht. Er würgte den Kaffee runter. Ein abgehacktes Husten folgte. Der Oberkommissar zuckte stakkatoartig zusammen, bis ein leises Stöhnen erklang.

»Himmel, ist diese Gerichtsmedizinerin eigentlich vollkommen verrückt?«, keuchte er und starrte mit rot geränderten Augen auf die Tasse.

Hilkas wummernder Herzschlag beruhigte sich nur langsam.

Nach bangen Sekunden sprach er heiser weiter.

»So kann man doch keinen Kaffee kochen, verdammt.«

25. Kapitel

Axel Groot stand in der Asservatenkammer des Präsidiums und wog den Revolver in der Hand.

Er holte den Smith & Wesson aus dem knisternden Kunststoffbeutel der Beweismittelaufbewahrung und betrachtete ihn eingehend.

Eine schwere Waffe. Heller Holzschalengriff. Verchromtes Metall.

»Hmm«, brummte er nachdenklich.

Dyssens Unterlagen zufolge hatte sie einem Kunstliebhaber aus München gehört, der unmittelbar nach dem Raub zunächst nichts von ihr erwähnt hatte. Tatsache war, dass er den Revolver illegal erworben hatte. Die Frau des Bestohlenen hatte später die Wahrheit gesagt. Sie hatte angegeben, dass ihrem Mann neben wertvollen Gemälden und Skulpturen auch eine Handfeuerwaffe gestohlen worden war.

»Da hatten wir wieder einmal Glück«, murmelte Axel. »Wenn diese Dame nicht so ehrlich gewesen wäre, wüssten wir heute vielleicht nichts von der Knarre.«

Er zweifelte daran, dass die Häufung von Beweismaterial gegen Mike Harmsen etwas mit Glück zu tun hatte. Es gab für seinen Geschmack zu viele Spuren, die direkt auf den Vorbestraften deuteten.

»Nicht immer ist die einfachste Lösung, die sich einem präsentiert, die korrekte«, fügte er hinzu.

»Nanu, Herr Groot, führen Sie Selbstgespräche?«

Die Worte holten Axel mit einem Ruck in die Wirklichkeit zurück. Er drehte sich um und sah Tjark Oltmann in der offenen Tür stehen.

Nein, er stand nicht da, er füllte den Türrahmen aus.

Das freundliche Lächeln des hünenhaften Hauptkommissars bildete einen krassen Gegensatz zu seiner breitschultrigen, wuchtigen Erscheinung. Er hätte in einem Fantasyfilm eine hervorragende Kriegergestalt abgegeben.

»Ja«, entgegnete Axel. »Das tue ich öfters und es hilft mir dabei, meine Gedanken zu fokussieren.«

Das Lächeln des Vorgesetzten verbreiterte sich zu einem Grinsen. »Dagegen ist nichts einzuwenden. Sie sollten nur nicht erwarten, dass Ihnen geantwortet wird, solange Sie alleine sind.«

Groot lachte und ließ die Waffe in den Beutel zurückgleiten.

»Sie betrachten noch einmal alle Beweisgegenstände, ehe Sie den Fall abschließen?«

Axel stutzte. »Abschließen? Wieso das denn?«

Oltmann trat vor. Selbst neben den hohen Regalen, die zu beiden Seiten des Raumes an den Wänden emporragten, wirkte er nicht klein.

»Nun, ich dachte, der Fall sei aufgeklärt«, sagte er. Er wies auf den Smith &Wesson. »Alles deutet auf Harmsen als Täter hin. Gibt es noch Unklarheiten?«

Groot biss sich auf die Unterlippe. Jetzt kam der – wie er es nannte – Moment der Wahrheit. Jener Moment, in dem der neue Vorgesetzte ihm zeigte, ob er über den Tellerrand hinauszusehen in der Lage war. Ob er bei Ermittlungen nur auf Beweise und Indizien setzte oder auch auf Instinkt und Gefühl.

»Es scheint alles klar zu sein, Herr Oltmann, aber ich habe den Eindruck, dass da einiges nicht stimmt. Es ist nur so eine Ahnung, dass Harmsen, wenn er etwas mit dem Mord an Behrend zu tun hatte, nicht alleine tätig war. Da steckt noch etwas anderes dahinter.«

Die Miene des Hauptkommissars verriet nicht, was er dachte. Es schien eher so, als warte er ab. Das Lächeln und der allgemein freundliche Ausdruck waren verschwunden. Für Axel war nicht erkennbar, ob er seine Ansicht teilte oder etwas gegen Polizeibeamte hatte, die auf ihr Bauchgefühl hörten.

»Meinen Sie«, sagte Oltmann gedehnt, »dass Behrends Schwester in die Sache verwickelt ist? Oder vielleicht die Leute auf der Liste? Die, die er wegen des Archivmaterials dumm dastehen ließ?«

»Ehrlich gestanden, nein. Ich weiß noch nicht konkret, in welche Richtung es geht, aber da gibt es Lücken, die gefüllt werden müssen, ehe dieser Fall zu einem Abschluss kommt.«

»Die Diebesbande? Die könnte in unabhängigen Ermittlungen ausfindig gemacht werden. Das könnte über andere Dienststellen laufen, immerhin war sie in ganz Deutschland tätig.«

Axel schüttelte den Kopf. »Nein, ich bin mir sicher, dass alles, was mit Behrends Tod zu tun hat, sich auf Norden und Umgebung konzentriert.«

Sein Blick suchte den des Hauptkommissars, und nach ein paar Sekunden, in denen sie sich angeschwiegen hatten, kehrte das Lächeln in dessen Mundwinkel zurück.

Er wirkte wieder wie der freundliche Herr von nebenan, der sich gerne Zeit für einen Plausch nahm. »Na, dann versuchen Sie mal, die Lücken zu schließen.«

Oltmann drehte sich um und verließ den kleinen muffigen Raum.

Axel blieb zurück. Ihm wurde in diesem Augenblick etwas klar.

Er war selber einer Prüfung unterzogen worden.

Er grinste und beschloss, sich in Zukunft niemals dazu verleiten zu lassen, den Hauptkommissar zu unterschätzen.

Egal, wie harmlos er wirkte.

26. Kapitel

Der restliche Nachmittag verging wie im Flug.

Hilka Martens telefonierte einen Teil der Liste ab und kam dabei zu keinem brauchbaren Ergebnis. Alle aufgeführten Personen besaßen Alibis. Natürlich waren weitere Nachforschungen vor Ort notwendig, um das zu bestätigen.

Sie war so in ihre Arbeit vertieft, dass sie regelrecht zusammenfuhr, als Axel Groot wie hingezaubert neben ihrem Schreibtisch stand.

»Ich denke, wir sollten es heute gut sein lassen, Frau Martens.«

Erstaunt hob sie die Augenbrauen. Ihr beiläufiger Blick fiel auf die Armbanduhr.

18:19 Uhr.

»Donnerwetter, die Zeit rast einfach so dahin.«

»Und Feierabend muss ebenso gemacht werden wie die Arbeit«, erklärte der Oberkommissar. »Fahren Sie nach Hause und ruhen Sie sich aus. Wir machen morgen weiter.«

Er hat recht, es bringt nichts, wenn ich vor Müdigkeit zusammenbreche. Außerdem habe ich seit dem Frühstück nur eine Tüte Gummibärchen zu mir genommen.

Sie verzog bei dem Gedanken das Gesicht.

Und wer weiß, wie lange die schon bei der Kollegin Rickmers im Schreibtisch gelegen haben.

Sie nickte und fuhr den Computer runter. »Okay, Schluss für heute. Feierabend.«

Groot wirkte zufrieden. Er deutete an ihr vorbei zu einem der Fenster »Weise Worte, Frau Kollegin. Der Wettergott meint es nämlich nicht unbedingt gut mit uns.«

Im Schein der Laternen des nahe gelegenen Marktplatzes erkannte sie, wie Baumwipfel im Wind hin und her geschleudert wurden.

»Die Meteorologen hatten wohl recht. Der Sturm versucht einen Hattrick«, gab sie düster von sich.

Hilka schlüpfte in ihre Windjacke und folgte Groot langsam in Richtung Treppenhaus.

»So ist das nun mal in Ostfriesland. An der Küste herrscht ein raues Klima, sogar im Sommer«, meinte er. Es war eine sachliche Aussage. In seiner Stimme lag keinerlei Verbitterung oder Verdrossenheit.

Sie verließen schweigend das Gebäude. Der Wind versuchte sie regelrecht ins Präsidium zurückzuschieben. Gerade so, als hätten irgendwelche Schicksalsmächte etwas dagegen, dass sie die Arbeit ruhen ließen.

»Soll ich Sie mitnehmen?«, fragte Hilka.

»Nein danke, Charlie wartet da drüben.« Er deutete auf die andere Straßenseite, wo ein lindgrüner NSU TTS geparkt stand. Am Steuer erkannte sie die Haushälterin ihres Vorgesetzten. Sie winkte.

Hilka erwiderte den Gruß aus der Ferne.

»Dann gute Nacht«, rief Groot mit lauter Stimme, um das Heulen des Windes zu übertönen. Er lief los und deutete zum tintenschwarzen Himmel empor.

»Und wehen Sie nicht davon, ja?«

Die Kommissarin lächelte zum Abschied und wandte sich ihrem Golf zu, der nur ein paar Meter entfernt stand. Als sie die Tür aufschloss, summte und vibrierte es in ihrer Jackentasche.

Mit gerunzelter Stirn holte sie das Smartphone hervor und pfiff überrascht. Die Telefonnummer auf dem Display war ihr bekannt.

»Christel Behrend? Was will die denn von mir?«

27. Kapitel

Charlie Thalers alter NSU kämpfte wacker gegen die Sturmböen. Das Unwetter weckte berechtigte Sorgen in Axel, sie könnten von der Straße geschleudert werden. Letztlich brachte sie das treue Relikt der frühen 70er in einer passablen Zeit nach Hause.

»Ich habe noch was vom Abendessen übrig«, sagte Charlie, als sie den Wagen ausrollen ließ.

»Das ist lieb von dir, aber …«

»Kein Aber«, wurde Axel unterbrochen. »So weit kommt es noch, dass ich dir nach so einem langen Arbeitstag nicht einmal eine Kleinigkeit zubereite. Und gewöhn dich schon mal daran. Das wird in Zukunft öfters vorkommen.«

Groot hob in gottergebener Geste die Hände. Wer war er denn zu widersprechen?

Das Wetter hatte ein Einsehen. Der Regen ließ nach und so stemmten sie sich nur gegen den Wind, als sie ausstiegen. Beide eilten in entgegengesetzten Richtungen davon. Axel in das Hauptgebäude, Charlie in ihr Domizil.

Als die Tür hinter ihm ins Schloss fiel, überkam den Oberkommissar eine bleierne Müdigkeit. Sie legte sich über ihn wie eine Decke. Er verdrängte den Wunsch, sich hinzulegen. Stattdessen zog er sich ins Schlafzimmer zurück, wo er in einen bequemen Jogginganzug schlüpfte.

Der nächste Schritt in Richtung Feierabend war eine Flasche Malzbier, die er beinahe mit einem Zug leerte. Eine Wohltat.

Er setzte sich an den Küchentisch, an dem er auch in der Kindheit oft Platz genommen hatte. Bilder aus der Vergangenheit stiegen vor dem geistigen Auge auf. Bilder, in denen er sich gemeinsam mit Charlie und seinen Eltern in der Küche beim Essen sah.

»Nein«, flüsterte er und schüttelte unwillig den Kopf. Er drohte, sich in diesen Erinnerungen zu verlieren. Axel war nicht bereit, sich von Szenen quälen zu lassen, in denen Piet und Janne Groot noch lebten. In denen sie gemeinsam lachten, sich stritten, sich unterhielten.

Er spürte Tränen, die sich langsam den Weg ins Freie zu bahnen versuchten.

Axel ließ den Kopf sinken und atmete mehrmals hintereinander tief durch.

Die Haustür öffnete sich, für einen Moment war der tobende Wind deutlich zu hören, dann knallte sie wieder zu. Zischende Atemzüge erklangen. Charlie Thaler kam in die Küche. Sie hielt eine Auflaufform in den Händen.

»Ich hoffe, du magst überbackene Speckkartoffeln«, tönte sie und stellte das Geschirr in den Ofen. »Ach was, natürlich magst du die. Hast sie als Kind ja auch immer gegessen.«

Sie hantierte an den Schaltern herum, was Axel nur am Rande mitbekam. Er wischte sich verstohlen über die Augen.

»Was ist denn mit dir?«

Die Worte wirkten wie ein Weckruf. Er fragte sich, ob er erzählen solle, was ihn seit so langer Zeit belastete. Sollte er ihr gestehen, dass er sich die Verantwortung für den Tod seiner Eltern gab? Dass er daran glaubte, dass ihr Autounfall kein Unglück gewesen war, sondern eiskalter Mord? Obwohl ihm jeglicher Beweis fehlte?

Warum nicht? Sie hätte es verdient, davon zu erfahren.

Axel gab sich einen Ruck. Er würde Charlie reinen Wein einschenken und sie in seine Vermutungen einweihen, egal wie abwegig sie erschienen.

»Ich muss dir etwas sagen.«

Das Zirpen des Smartphones unterbrach ihn. Der eben gefasste Vorsatz zerbarst wie dünnes Glas. Mit einer mechanischen Bewegung griff er nach dem Handy und erkannte die Nummer der Gerichtsmedizin auf dem Display.

Er runzelte die Stirn. Kurz vor acht. Reichlich spät für einen Anruf von Dr. Willers.

»Groot«, meldete er sich.

»Tut mir wirklich leid, wenn ich störe, Herr Oberkommissar.«

»Ach was, ich bitte Sie, kein Problem. Was kann ich für Sie tun, Frau Doktor?«

Charlie sandte ihm einen fragenden Blick. Er schüttelte den Kopf und verließ mit dem Handy am Ohr die Küche. Sein Weg führte ins Arbeitszimmer. Er schloss die Tür hinter sich.

»Es ist wohl eher so, dass ich etwas für Sie tun kann. Ich schicke Ihnen natürlich alles schriftlich. Sie hätten es morgen gelesen, aber diese Neuigkeit wollte ich dann doch lieber direkt an Sie weitergeben.«

»So brisante Neuigkeiten? Sie machen mich neugierig.«

Am anderen Ende ertönte ein Lachen. Es klang verzerrt. Die Verbindung litt unter dem Toben des Sturms.

»Das sollten Sie auch sein. Also, dann wollen wir mal. Zunächst einmal muss ich mich entschuldigen.«

»Wieso?«

»Weil das, worum es geht, eigentlich so offensichtlich ist, dass es mir nicht hätte entgehen dürfen. Ich hätte es sofort bemerken müssen.«

Axel lächelte. Er stellte sich vor, dass Dr. Willers in Sachen Ehrgeiz genauso oder zumindest ähnlich reagierte wie Hilka Martens. Wenn sie einen Fehler beging, hatte sie schwer daran zu knabbern.

»Na, wird schon nicht so schlimm sein. Was haben Sie denn gefunden?«

»Eigentlich sind es zwei Untersuchungsergebnisse und eine Erkenntnis, die in einem anderen Kontext steht. Und mit der fange ich auch an. Erstens: Harmsen war Linkshänder.«

Der Oberkommissar blähte die Wangen auf. Er ließ die Luft langsam entweichen.

Was dieser Hinweis bedeutete, fiel ihm partout nicht ein.

Dr. Willers schien zu ahnen, dass er sich den Kopf zerbrach. »Harmsen hatte den Revolver in der rechten Hand«, erklärte sie.

Es ist ein Klischee, aber in Axels Geist klickte es vernehmlich.

KLICK

»Wieso sollte er als Linkshänder die Waffe mit der rechten Hand benutzen?«

»Das ist wirklich rätselhaft, oder? Aber damit bin ich noch nicht am Ende. Ich habe eine radiologische Volluntersuchung angeordnet.«

»Und weshalb?«

»Nennen Sie es Intuition.«

»Wahrscheinlich weibliche«, stellte Axel fest. Er räusperte sich. »Womit ich nicht sagen will, dass ich nichts von solchen Eingebungen halte.«

Das Gespräch mit Oltmann in der Asservatenkammer kam ihm in den Sinn.

»Was haben die Untersuchungen ergeben?«, fragte er geradeheraus.

»Das rechte Handgelenk ist gebrochen. Einige Stunden vor seinem Tod muss er sich schwer verletzt haben. Aufgrund der Schädigung der Knochenhaut am distalen Radiusende vermute ich, dass es nicht bei einem Sturz passiert ist. Vielmehr durch einen Schlag.«

»Oder einen Tritt?«

»Möglich. Wie kommen Sie darauf?«

»Frau Martens hatte am frühen Abend eine Auseinandersetzung mit Harmsen. Dabei trat sie ihm ein Messer aus der Hand.«

»Somit ist das Rätsel für mich geklärt. Ihre liebenswerte Kollegin hat ihm die Verletzung zugefügt.«

Axel fiel etwas ein. »Wenn er Linkshänder war, warum hielt er das Messer in der Rechten?«

»Diese Gründe müssen Sie rekonstruieren. Ich serviere Ihnen lediglich die Fakten, wie sie sich mir darbieten. Vielleicht war er im Umgang mit Stichwaffen Beidhänder.«

»Und noch etwas«, sagte er. »Sie haben festgestellt, dass Harmsen bis obenhin abgefüllt war, hätte er überhaupt irgendwelche Schmerzen wahrnehmen können?«

»Nein, die Schmerzgrenze wird bei Ecstasykonsum gesenkt. Der Alkohol verstärkte diese Wirkung bestimmt noch.«

»Aha.« Axel klang wie ein besserwisserischer Erstklässler, was ihm im selben Moment klar wurde.

»Allerdings hätte er trotzdem die schwere Waffe nicht nutzen können. Die Fraktur und das damit verbundene tief liegende Hämatom hätten die Hand in ihrer Funktion blockiert.«

»Okay, das klingt alles einleuchtend«, stimmte er zu. »Und was ist das zweite Untersuchungsergebnis?«

»Das ist überhaupt das Beste.« Willers klang wie ein freudig erregtes Schulkind. »Ich habe auf der Schwimmhaut zwischen Daumen und Zeigefinger der rechten Hand eine kleine Quetschung entdeckt.«

Es war wie bei der Erwähnung von Harmsens Linkshändigkeit. »Tut mir leid, Frau Doktor. Ich verstehe nicht.«

»Das habe ich zunächst auch nicht. Außer der Tatsache, dass diese kleine und unbedeutend erscheinende Verletzung sehr kurz vor dem Tod entstanden sein muss, wollte sich mir der Zusammenhang auch nicht erschließen. Ich dachte: Nun gut, das müssen die Kollegen von der Kripo herausfinden.«

»Aber dann hatten Sie einen Geistesblitz«, vermutete Axel.

»Jawohl. Gerade als ich am Computer saß und den Bericht fertigstellte, schoss es mir regelrecht durch den Kopf. Diese Verletzung – und dahingehend bin ich mir zu 99,9 Prozent sicher – rührt vom Hahn des Revolvers her.«

»Was? Wie soll das denn möglich sein?« In Axels Geist überschlugen sich die Gedanken. Die eigenen Worte waren noch nicht verhallt, als es erneut klickte.

»Jemand anderes hat ihm die Waffe an den Kopf gehalten, während er Harmsens Hand umschlungen hielt. Er spannte den Hahn und klemmte dabei die Schwimmhaut zwischen Daumen und Zeigefinger ein.«

»Und das führte zu dieser winzigen Verletzung. Ich sehe es damit als erwiesen an, dass Mike Harmsen ermordet wurde.«

Axel sagte zunächst nichts. Er stand wie erstarrt vor dem Schreibtisch und hielt die Augen auf eines der Landschaftsbilder gerichtet. Ein Erbstück seines Vaters, das er immer in Ehren gehalten hatte. Er nahm die darauf abgebildete weiße Hollandmühle nicht wahr. Sein Blick verlor sich jenseits der Wand, an der das Gemälde hing.

Irgendwo im Nirgendwo.

»Wir hatten recht«, flüsterte er. Die Worte klangen heiser. »Wir hatten recht.«

»Ich weiß jetzt nicht genau, was Sie meinen, aber ich stimme Ihnen einfach mal zu. Sie hatten … wir hatten recht.«

»Ich danke Ihnen vielmals. Schicken Sie mir alles zu, was Sie gefunden haben, ja?«

»Kein Problem, ist schon so gut wie erledigt.«

Er lächelte breit und nickte. »Gute Arbeit, Doktor Willers. Das bringt uns entscheidend voran.«

28. Kapitel

Hilka starrte auf das Blatt Papier in ihrer Hand.

Der Text darauf las sich wie das Musterbeispiel eines Psychopathen-Drohbriefs.

»Behrend, Du miese Drecksau!
Ich weiß, dass Du Christel dazu gebracht hast, mit mir Schluss zu machen.
Jetzt fließt Blut. Dein Blut. Unmengen davon. Aber Du wirst nicht allein sein. Die Schlampe wird auch bluten. Ich werde Euch gemeinsam verscharren. Dann habt Ihr wenigstens die Ewigkeit für Euch.
Die Messer sind gewetzt, alter Mann. Deine Zeit ist um.«

»Sehen Sie? Er hat meinen Vater bedroht«, sagte Christel Behrend.

Sie stand hinter der Kommissarin. Dunkle Schatten lagen um ihre Augen, das Haar war zerzaust und die Haut schimmerte blass und wächsern.

Hilka ließ den Schrieb sinken.

»Massiv sogar«, bestätigte sie. »Das, was da steht, ist straftatwürdig.«

Sie war auf Christels Bitte hin in die Wohnung ihres Vaters gekommen. Am Handy hatte sie nur gesagt, sie habe Mails gefunden, die für die Ermittlungen von entscheidender Wichtigkeit seien.

Hilkas Blick fiel auf drei weitere Schreiben mit ähnlich unerfreulichem Inhalt, die vor ihr lagen.

»Harmsen hat ihm also E-Mails geschickt«, stellte sie fest.

»Das nehme ich zumindest an. Vater hat sie wohl ausgedruckt. Ich habe sie auf dem Schreibtisch gefunden.«

Christel deutete hinter sich auf das wuchtige Möbel, an dem Rainer Dyssen hockte und pausenlos die Tastatur des Computers bearbeitete.

Technischer Beistand, dazu von einem Kaliber wie Dyssen, schadet in diesem Fall nicht, hatte sich Hilka nach dem Anruf gedacht und den ›IT-Flüsterer‹ mitgenommen.

»Und?«, fragte sie. »Wie sieht es aus?«

»Ich bin im Konto, aber …«, er unterbrach sich, atmete tief durch und schüttelte dabei den Kopf, »… ich finde keine der E-Mails.«

»Das ist merkwürdig.«

Hilka erhob sich und trat neben den jungen Kollegen, der sie ratlos anblickte.

»Es tut mir wirklich leid, aber wenn die Mails da waren, dann sind sie jetzt verschwunden. Womöglich wurden sie gelöscht«, erklärte er.

»Das würde also bedeuten, Herr Behrend hat die Nachrichten empfangen, ausgedruckt und dann gelöscht?«, fragte die Kommissarin.

Das hörte sich schwachsinnig an. Andererseits, sie war im Laufe der Jahre schon oft mit völlig widersinnig erscheinenden Dingen konfrontiert worden.

»Mein Vater war nicht besonders technikaffin«, meldete sich Christel zu Wort. »Er konnte seinen Rechner mit Müh und Not bedienen. Beim Einrichten des E-Mail-Kontos habe ich ihm helfen müssen.«

Dyssen wiegte den Kopf. »Das würde die wirklich wenigen zusätzlichen Installationen erklären.« Er beäugte den Monitor, der klobig vor ihm aufgebaut stand und aus den frühen Neunzigern stammte. »Und auch das Alter der Anlage.«

»Stimmt, Vater hat auf diese alten Sachen gesetzt. Den Laptop für den Verein legte er sich erst nach langem, intensivem Zureden zu.«

»Aber das erklärt nicht, warum er Drohmails ausdruckt und vom Konto löscht.«

»Vielleicht ein Versehen?«, mutmaßte Christel mit leiser Stimme.

»Möglich«, entgegnete Hilka und biss sich auf die Unterlippe. »Wir behalten auf jeden Fall die Ausdrucke.«

Die Behrend nickte. »Natürlich. Tun Sie, was Sie müssen.«

»Okay, dann wäre es das erstmal für uns. Gut, dass Sie angerufen haben.«

Dyssen nahm Hilkas Worte als Signal zur Verabschiedung. Er stand auf und griff nach der Dienstmütze.

»Gehen Sie schon mal vor, ich komme gleich«, wies die Kommissarin ihn an.

Der junge Beamte runzelte die Stirn, widersprach aber nicht. Er verließ die Altbauwohnung durch die übermannshohe Holztür, die beim Auf- und Zuziehen erbärmlich in den Scharnieren knarrte.

»Wollen Sie noch etwas von mir, Frau Martens?«, fragte Christel Behrend. Sie blinzelte nervös.

Hilka antwortete nicht sofort. Sie rang im Stillen mit sich. Ihr war eine Idee gekommen. Eine Möglichkeit. Ein Versuch. Womöglich ein Wagnis.

»Nun, ich denke, die Ermittlungen werden bald abgeschlossen sein«, sagte sie.

»Also gibt es keine Zweifel mehr daran, dass Mike meinen Vater …« Christel brach ab, um sich zu räuspern, ehe sie weitersprach, »… ermordet hat?«

Hilka nickte. Es war ein Risiko, der Tochter des Toten weiszumachen, dass der Fall so gut wie aufgeklärt wäre.

»Allerdings. Das Diebesgut, das wir in Harmsens Wohnung fanden, und sein Selbstmord sind Belege für seine Schuld. Die Drohmails, selbst wenn die Originale aus dem Konto gelöscht wurden, dürften das Bild abrunden.«

Die Kommissarin behielt ihr Gegenüber genau im Auge. Christel senkte den Kopf.

»Allerdings ist die Arbeit damit noch nicht abgeschlossen«, fügte Hilka hinzu.

Die Behrend hob den Blick. »Ach so?«

»Ja, es gibt noch einiges zu tun. Zum Beispiel werden wir den Daten in der Cloud Ihres Vaters weiter nachgehen müssen. Wir wissen bislang nicht, warum der Laptop und die Akten aus dem Vereinshaus gestohlen wurden. Das muss geklärt werden.«

»Cloud?«, fragte Christel. »Was für eine Cloud?«

»Oh, wussten Sie das nicht?« Hilka klopfte mit der Spitze des Zeigefingers gegen ihre Stirn. »Sorry, das muss ich vergessen haben. Wir fanden heraus, dass Ihr Vater seit geraumer Zeit eine Cloud im Netz besitzt. Er lagerte dort Teile seines Archivs ein. Anhand dieser Daten konnten wir feststellen, welche tatsächlichen Akten aus dem Schrank gestohlen wurden.«

Sie lächelte süffisant. »Es handelt sich um Aufzeichnungen über historische Gebäude und Bauten. Wir werden in den nächsten Tagen alle abklappern und genauer untersuchen.«

»Um welche Gebäude und Bauten handelt es sich denn?«

»Alle Namen und Adressen konnte ich mir nicht merken. Ich erinnere mich nur an den Hof eines gewissen Thomas Berg. Bei dem waren wir heute Nachmittag. Den werden wir als Letztes auch nochmal besuchen müssen. Bislang haben wir uns nur mit ihm unterhalten. Wir werden beim zweiten Besuch einen intensiveren Blick riskieren.«

»Ach wirklich.«

»Ja«, entgegnete Hilka. »Obwohl ich befürchte, dass der Aufwand nicht viel bringen wird. Wahrscheinlich laufen wir uns in den nächsten Tagen ganz umsonst die Hacken ab.«

»Sowas kommt wohl bei Polizeiarbeit öfters vor, habe ich mal irgendwo gehört.«

Die Kommissarin lachte und reichte Christel Behrend die Hand. »Sollte sich etwas Neues ergeben, melde ich mich bei Ihnen. Versprochen.«

»Danke, das wäre nett.«

Hilka verließ die Wohnung und stieg gemächlich durch das Treppenhaus in die Tiefe. Vor der Eingangstür des Mietshauses wartete Rainer Dyssen. Sie gab ihm mit einer kurzen Kopfbewegung zu verstehen, er solle folgen. Die beiden setzten sich in den Golf.

»Sie haben doch irgendetwas vor, oder?«, fragte der Polizeimeister und verengte die Augen zu schmalen Schlitzen.

»Gut erkannt, Rainer. Hören Sie genau zu. Fahren Sie zurück ins Präsidium. Sorry, wenn Sie eigentlich Feierabend hätten, aber ich brauche Sie da dringend.«

»Kein Problem«, antwortete Dyssen und winkte ab. In seinen Augen blitzte es auf. Ein Hauch von Jagdrausch schien ihn erfasst zu haben. »Was soll ich tun?«

Hilka erklärte es ihm haarklein. Er pfiff durch die Zähne.

»Sie werden das doch schaffen, oder?«, fragte die Kommissarin. Sie verlieh ihrer Stimme bewusst einen herausfordernden Unterton.

»Unter normalen Umständen wäre das wirklich schwierig oder sogar unmöglich.« Dyssen legte den Kopf in den Nacken und schien nachzudenken. Ein Lächeln stahl sich auf seine Lippen. »Ich habe ein paar Spielereien zur Verfügung, die mir die Arbeit erleichtern werden.«

»Guter Mann, und nun Abmarsch«, entgegnete Hilka.

Dyssen stieg aus und verschwand in der Dunkelheit.

Für die Kommissarin begann in diesem Moment das Warten. Und das Hoffen darauf, dass etwas geschehen würde.

***

Zwischenspiel: Dritte Sturmnacht

Die Stimme am anderen Ende der Leitung klang gepresst.

»Hast du verstanden?«

Er wunderte sich über sie. Sie hatte ihn vom ersten Moment an verhext. Er war ihr verfallen.

Am liebsten wäre er zu ihr geeilt, um sie in die Arme zu nehmen, um ihr nahe zu sein. Sie zu spüren und … nein, er brauchte einen kühlen Kopf. Um ihrer beider Willen.

»Natürlich«, antwortete er, wobei seine Stimme nicht weniger angespannt klang. »Aber wir dürfen nichts überstürzen. Es gibt einen klaren Zeitplan, an den wir uns halten müssen. Vorher können wir nichts unternehmen.«

»Und wenn wir einfach einen zweiten Lieferwagen mieten?«

Er rieb sich die Stirn. Sein Blick wanderte durch den Glaseinsatz der Tür ins Freie. Obwohl es dunkel war, war deutlich zu erkennen, dass der Sturm gewaltig an Fahrt gewonnen hatte.

Diese Nacht würde die vorangegangenen mit Sicherheit weit in den Schatten stellen.

»Dann existieren Belege, die zurückzuverfolgen sind. Wir können keine der gefälschten Kreditkarten benutzen. Die neuen erhalten wir erst bei Lieferung.«

Sein Atem ging schwer und schnell. Das Gespräch strengte ihn mehr an als ein Hundert-Meter-Sprint.

»In drei Tagen«, fuhr er fort. »In drei Tagen ist alles überstanden. Die Ware wird abgeliefert, wir erhalten das Geld, die Papiere und neue Kreditkarten. Erst dann können wir untertauchen. Vorher geht es einfach nicht.«

»Ich will daran auch nichts ändern«, lautete die Entgegnung. »Aber wir müssen etwas unternehmen. Ich dachte daran, dass wir das Zeug woanders einlagern.«

»Aber wo denn? Gerade, weil hier so viel Platz ist – geheimer Platz –, haben wir uns doch dafür entschieden.«

»Zunächst bei mir. Ich habe einen großen Keller, da müsste es passen. Was übrig ist, landet auf dem Speicher.«

»Aber …« Er brach ab. Widerspruch war sinnlos. Es war zum Verrücktwerden. Bei ihr setzte er sich nicht durch. Er seufzte.

»Okay, einverstanden. Ich werde alles in den Lieferwagen verladen und zu dir rüberbringen.«

»Nein, ich komme zu dir. Das Zeug ist teilweise nicht nur schwer, es ist auch empfindlich und muss vorsichtig verladen werden. Ich helfe dir.«

Er schielte erneut nach draußen. Das Heulen des Sturms schwoll in genau diesem Moment an und erzeugte bei ihm den Eindruck, eine Horde wilder Dämonen würde laut schreiend auf die Erde niedergehen. »Das Wetter ist wieder einmal auf unserer Seite. Kaum einer wird mitbekommen, was wir tun.«

»Hoffen wir es«, lautete die Antwort. »Bis gleich.«

Es klickte in der Leitung.

Er steckte das Telefon in die Ladestation und trat an die Tür, um das wilde Treiben des aufgewirbelten Laubs und der sich wiegenden Bäume zu betrachten.

Bei so einem Wetter jagt man keinen Hund vor das Haus, dachte er betrübt. *Aber wer weiß, vielleicht habe ich es nicht verdient, besser als ein Hund behandelt zu werden.*

29. Kapitel

Er war rundum satt. Eine angenehme Schwere legte sich auf Axels Glieder.

Charlies Speckkartoffeln hatten den nagenden Hunger vertrieben und bereiteten den Weg für eine wohlige Bettschwere. Er lehnte sich im gemütlichen Fernsehsessel zurück und spielte kurz mit dem Gedanken, die Flimmerkiste einzuschalten.

Als Charlie den Raum betrat – in jeder Hand eine gefüllte Teetasse –, ließ er den Vorsatz fallen.

»Danke schön«, sagte er artig und nahm das Gefäß entgegen.

»Vorsicht, sehr heiß«, warnte sie und setzte sich aufs Sofa. Ein leises Stöhnen entrang sich ihrer Kehle. Sie schloss die Augen.

»Anstrengender Tag?«, fragte er und pustete auf die dampfende Flüssigkeit.

»Allerdings. Ich bin für Marga im Bücherladen eingesprungen. Heute war ganz schön was los.«

Sie hob die Lider, richtete sich auf und ergriff die Tasse. Auch sie pustete kräftig, ehe sie den einen vorsichtigen Schluck riskierte.

»Alle sagen immer, dass der Bücherverkauf rückläufig ist, seit es E-Books gibt«, meinte Axel. Er trank ebenfalls.

Teufel, durchzuckte es ihn und er nahm die Tasse runter. *Wo hat sie das Gebräu gekocht? Erst der Killerkaffee von der überspannten Gerichtsmedizinerin und jetzt dieser Höllenfeuertee.*

Er presste die schmerzenden Lippen zusammen, verzog aber ansonsten keine Miene und beschloss, vorsichtiger zu sein.

»Das ist ein Irrglaube«, antwortete sie und trank erneut. Anscheinend war sie immun gegen die Hitze, die der Tee ausstrahlte. »An manchen Tagen ist mehr los als noch vor Beginn des digitalen Zeitalters.«

Charlies Blick wanderte zum gegenüberliegenden Fenster. Sie beobachtete einige Sekunden lang versonnen die Büsche im Garten. Sie wirkten bei den herrschenden Lichtverhältnissen wie wogende Schatten.

»Ich denke ja, dass die Stammkunden bei Marga eher wegen des Schnacks kommen«, mutmaßte Axel. Er trank erneut, und siehe da, dieses Mal brannte der Tee ihm nicht die Lippenhaut weg. Die belebende Wirkung des Teeins floss angenehm durch seine Glieder und vertrieb die Müdigkeit.

»Du wolltest doch eher den Begriff ›Tratsch‹ verwenden, oder?« Charlies Augen funkelten ihm aus dem Dämmerlicht des Raums entgegen. Ihm entging dabei nicht ihr spitzbübisches Lächeln.

»So etwas würde ich mir nie erlauben. Außerdem bedeutet dir doch dieser … Informationsaustausch sehr viel. Der macht dich wahrscheinlich zu der Person, die in Norden am besten über alles im Bilde ist.«

Die Frau mit den eisgrauen Zöpfen lachte glockenhell. Zum – wahrscheinlich – tausendsten Mal dachte er bei sich, wie angenehm Charlies Stimme klang. Sie hätte eine Karriere als Synchronsprecherin oder Hörbuchvorleserin machen können.

»Da gibt es viel mehr, die viel besser informiert sind als ich. Das kannst du mir gerne glauben.«

»Ach komm, du gehörst mindestens zu den Top Ten in der Stadt.«

Ein Anflug von gespielter Entrüstung breitete sich auf ihrem Gesicht aus.

»Nein, ehrlich jetzt«, fuhr Axel fort. »Du kannst bestimmt zu unglaublich vielen Menschen, die hier leben, einiges erzählen. Stell dein Licht nicht unter den Scheffel. Zum Beispiel, als du Hilka Martens gestern über Behrends Familienverhältnisse berichtet hast.«

»Schon, aber das war doch nichts«, entgegnete Charlie.

»Doch, doch, das hat uns einen Ansatz für unsere Ermittlungen verschafft. Die Spur ist zwar im Sande verlaufen, aber es hätte ja auch anders sein können.«

»Oh, Astrid Bönnert ist vom Haken? Ihr habt sie nicht im Verdacht?«

Groot grinste. Diese Charlie versuchte es immer wieder, ihm Informationen aus dem Kreuz zu leiern.

»Das darf ich dir nicht sagen. Das ist vertraulich. Aber unsere Ermittlungen sind fast abgeschlossen. Anscheinend gab es in Behrends Familie niemand anderen, der ihn je bedroht hätte.«

Verdammt, jetzt rede ich doch wieder über den Fall. Ich bin müde und sollte zu Bett.

»Wenn man vielleicht von Christel absieht. Also zumindest in der Zeit nach dem Tod der Mutter.«

Er stutzte. »Wie meinst du das?« Die Müdigkeit war wie weggewischt.

»Na ja, als die arme Alma vor sechs Jahren starb, war Christel am Boden zerstört. Sie hat ihre Mutter vergöttert.«

Axels Freundin und Haushälterin in Personalunion starrte auf die Tasse in ihren Händen, als stünde die Geschichte im Tee geschrieben.

»Es gibt ja Familien, in denen ein Todesfall dazu führt, dass die Hinterbliebenen einander näherkommen. Doch Almas Tod trieb einen noch größeren Keil zwischen Rolf und seine Tochter.«

»Größer?«

»Ja, die drei hatten vorher schon ein gespaltenes Verhältnis. Christel war in jungen Jahren alles andere als pflegeleicht. Und vergiss nicht, Alma wollte sich scheiden lassen.«

»Stimmt, daran habe ich gar nicht mehr gedacht«, gestand Axel. Er leerte die Tasse und stellte sie auf dem Tisch ab. »Was geschah weiter?«

Charlies Mundwinkel sanken deutlich herab. Über diese Geschichte zu sprechen, bereitete ihr keine Freude.

»Auf Almas Beerdigung kam es zu einer sehr hässlichen Szene zwischen den beiden. Sie beschimpften einander, und Christel war drauf und dran, sich auf ihren Vater zu stürzen.«

»Wow«, brachte Axel nur hervor. Er wurde mit einer wahren Flut neuer Informationen überschwemmt. »Warum hast du uns das nicht schon früher erzählt?«

»Ich wollte keinen Dreck aufwühlen. Das ist nicht meine Art. Das weißt du doch.«

Groot beugte sich vor, stützte die Unterarme auf den Oberschenkeln ab und starrte auf den Teppichboden. In seinem Kopf summten die Gedanken umher wie aufgescheuchte Bienen.

Christel Behrend war nicht das harmlose Töchterchen, das er in ihr gesehen hatte.

Hatte ihn sein über Jahre verfeinerter Instinkt in diesem Fall getrogen?

»Möglich«, flüsterte er düster.

Das Telefon schlug an.

Axel federte dermaßen schnell aus dem Sitz in die Höhe, dass Charlie beinahe vor Schreck den restlichen Tee verschüttete. Sie starrte ihn mit aufgerissenen Augen an, als er den Apparat aus der Ladestation zog.

»Groot.«

»Gott sei Dank, Herr Oberkommissar«, quäkte es aus dem Hörer. »Wenigstens Sie erreiche ich.«

Am anderen Ende war Rainer Dyssen. In seiner Stimme schwang Erleichterung mit.

»Was gibt es denn?«

»Nun, ich versuche seit einer knappen halben Stunde, Frau Martens zu erreichen, aber ich fürchte, dass der Sturm den Handyempfang stört.«

»Weshalb wollen Sie sie denn sprechen?« Eine dunkle Vorahnung regte sich in Axels Brust. Er hatte das ungute Gefühl, dass ihm das, was er gleich zu hören bekam, überhaupt nicht gefallen würde.

»Sie hatte mich gebeten, den E-Mail-Account von Rolf Behrend durchzuchecken. Christel Behrend hatte ihr von Drohmails berichtet, die Mike Harmsen angeblich an ihren Vater geschickt hat.«

Schlagartig trocknete Axels Mundhöhle aus. Das ungute Gefühl verdichtete sich zu einem eisigen Steinklotz, der sich im Brustkorb festsetzte. »Wann war das und weshalb weiß ich nichts davon?«

»Frau Martens kehrte ins Präsidium zurück, nachdem die Behrend sie angerufen hatte.«

»Das muss passiert sein, nachdem wir uns getrennt haben«, knurrte Groot. Die Unruhe in den Gliedern flaute ab und schaffte Platz für einen Schwall heißer Wut, die aus ihm herauszukochen drohte. »Was weiter?«

»Wir sind in Behrends Wohnung gefahren, und dort präsentierte uns seine Tochter ausgedruckte E-Mails. Ihnen zufolge hat

Harmsen den alten Mann massiv bedroht. Also, weil er angeblich ihn und Christel auseinandergebracht haben soll.«

»Verstanden, was weiter?« Axels Stimme klang wie die eines Roboters, der in einer Endlosschleife gefangen war und immer dasselbe wiederholte.

»Von den Originalmails war auf Behrends Konto nichts zu finden. Sie sind wohl gelöscht worden. Leider konnte ich vor Ort nichts weiter überprüfen und kehrte ins Präsidium zurück, wo mir … öhm, eine Software zur Verfügung steht, die mir gewisse Einblicke verschafft hat.«

»Illegale Software?«, hakte Axel nach.

»Nein, Herr Oberkommissar. Bestimmt nicht. Aber sie ist eigentlich nicht für den Dienstgebrauch vorgesehen, deshalb …«

»Schwamm drüber, das ist vertretbar. Was weiter?«

»Ich konnte das Mailkonto genauer scannen. Die E-Mails sind zwar darauf empfangen worden, wurden aber kurze Zeit später gelöscht.«

»Das ist verbindlich?«

»Absolut, daran besteht kein Zweifel. Interessant ist, dass ich einige Metadatenkomplexe aufrufen und erneuern konnte. Dadurch war es mir möglich herauszufinden, von wo aus die Mails verschickt wurden und wann dies geschah.«

»Und?«

»Sie kamen tatsächlich von Harmsens Handy.«

»Shit«, entfuhr es Axel. Wenn die Drohungen von Mike Harmsen stammten, wurde er als Täter bestätigt.

»Nicht so voreilig. Es kommt viel besser. Die Mails wurden zu einem Zeitpunkt verschickt, als Harmsen sich nicht in Norden aufhielt. Er war nicht einmal in Ostfriesland.«

»Wie bitte? Woher wissen Sie das denn so genau?«

»Ich erhielt vor ein paar Minuten eine Mitteilung vom Erkennungsdienst. Ein verdecktes Ermittlerteam in Osnabrück hat Harmsen dabei beobachtet, wie er sich in einer Diskothek mit einigen Typen traf, die die eigentlichen Zielpersonen der Observierung waren. Das geschah in der Nacht, in der er angeblich Behrend getötet haben soll.«

»Das ist ebenfalls verbindlich?«, fragte Axel erneut. Es rotierte in seinem Kopf. Worte, Bilder und Überlegungen wirbelten umher und versuchten ein gemeinsames Ganzes zu formen.

»Absolut, der entsprechende Bericht ist uns bereits zugesandt worden. Ich habe ihn an die digitale Akte angehängt.«

Es war kaum zu glauben. Harmsens Entlastungszeugen waren ausgerechnet Kollegen aus Osnabrück. Das Schicksal mischte die Karten wieder einmal auf eigenartige Weise.

»Das ist aber immer noch nicht alles«, meldete sich Dyssen zu Wort und zog den Oberkommissar aus seinen Überlegungen.

»Immer raus damit.«

»Ich habe mir die Auswertung der Handyortung von Harmsen angesehen. Sein Handy war, während er sich in Osnabrück aufhielt, hier in Norden.«

Axel schaltete sofort. »Er hat es zurückgelassen, damit man später seine Spuren nicht nachverfolgen kann. Vielleicht war er unterwegs, um neue Zielobjekte für weitere Einbrüche auszuwählen. Da wollte er auf Nummer sicher gehen.«

»Das glaube ich auch.«

Es wurde still in der Leitung. Der Sturm ließ knackende Interferenzen durch die Verbindung geistern.

»Was ist mit Frau Martens?«

»Ach ja, das hätte ich beinahe vergessen«, entgegnete Dyssen. »Sie gab mir meine Order und blieb als Wache vor Christel Behrends Haus zurück. Ich glaube, sie hat sie auf dem Kieker.«

So weit war ich auch schon.

»Und Sie können sie nicht erreichen?«, fragte er, obwohl er die Antwort kannte.

»Leider nein. Ich konnte ihr meine Ergebnisse nicht mitteilen. Wie gesagt, das Handynetz ist zusammengebrochen.«

»Über Funk?«

»Habe ich versucht«, erwiderte Dyssen. »Ich fürchte, sie hat noch kein Gerät aus dem Versorgungslager erhalten.«

»Mist, verdammter«, zischte Groot. Am liebsten hätte er das Telefon in die Ecke gepfeffert.

Er bezähmte sich mit Mühe, atmete tief durch und zählte von drei runter. Es half.

»Passen Sie auf, Rainer. Wir müssen jetzt schnell handeln, denn ich denke, es könnte im ungünstigsten Fall sehr knapp werden. Trommeln Sie ein paar Leute zusammen. Ich weiß, dass Sie allein im Präsidium sind. Die meisten diensthabenden Kollegen befinden sich wegen des Sturms im Einsatz. Aber es nutzt nichts, wir müssen handeln.«

»Okay, ich werde mich gleich an den Funk setzen.«

»Danach fahren Sie zu Christel Behrends Wohnung und schauen, ob Frau Martens dort ist. Ich fürchte, sie wird es nicht sein. Geben Sie mir über Funk Bescheid und machen Sie sich in diesem Fall mit so viel Verstärkung wie nur möglich auf dem Weg zu mir.«

»Und wo werden Sie sein?«, fragte Dyssen.

»Das sage ich Ihnen jetzt ganz genau.«

30. Kapitel

Hilka duckte sich zusammen und stemmte sich gegen den Wind, der ihr mit kräftigen Böen begegnete, welche sie beinahe von der Krone des Deichs schleuderten. Sie kam nur langsam voran. Jede Bewegung kostete Kraft.

Den Golf hatte sie entfernt stehen lassen, nachdem sie Christel Behrend durch die Dunkelheit gefolgt war. Es hatte sie nicht überrascht, als sie das Ziel der Frau erkannte, die vor zwei Tagen mit verquollenen Augen ins Präsidium gekommen war.

Den Hof von Thomas Berg im Schatten des Westerdeichs.

Sie schlich auf der Deichkrone näher heran. Von hier oben konnte sie das Treiben im Innenhof besser beobachten. Als sie den günstigsten Punkt erreichte, legte sie sich flach auf den Boden.

Sie trug eine wasserabweisende Jacke, dennoch rann kalte Nässe über den Rücken und ließ sie schaudern. Dass die restliche Kleidung sich ebenfalls vollsog, nahm sie nur am Rande wahr.

Die Kommissarin konzentrierte sich auf das Geschehen vor ihr. Obwohl der Regen nachließ, erkannte sie lediglich Umrisse vor sich. Sie wischte sich das Wasser aus den Augen und versuchte sich eine bessere Sicht freizublinzeln. Mit Erfolg. Das Blickfeld klärte sich.

Knapp fünfzig Meter vor ihr, im Licht zweier kalt strahlender Außenwandleuchten, trat ein großer Mann aus dem Stallgebäude. Christel Behrend stieg aus ihrem Wagen und eilte ihm entgegen. Die beiden trafen sich auf der Hälfte der Strecke zwischen Auto und Gebäude, fielen sich in die Arme und küssten sich leidenschaftlich.

»Bingo«, flüsterte Hilka. Sie hob das Smartphone an. Der Winkel war günstig, sie nahm das Geschehen mit der Kamera auf. Da sie mit einer solchen Szene gerechnet hatte, hatte sie das Handy rechtzeitig in Bereitschaft gebracht. Diese Voraussicht zahlte sich aus.

Christel Behrend und Thomas Berg waren ein Paar. Sie machten gemeinsame Sache.

Der Bluff mit der bevorstehenden Durchsuchung des Hofs hatte die Frau aus der Deckung getrieben. Genau in die Arme ihres Geliebten, der ihr und Groot mit vorgetäuschter Einfalt entgegengetreten war.

Ein zufriedenes Lächeln kerbte sich in Hilkas Mundwinkel. Ihr war kalt, die Nässe kroch ihr über den ganzen Körper und ließ ihre Zähne klappern, aber das machte ihr nichts aus.

Ihr Instinkt hatte sie nicht getrogen.

Die Theorie, die die Kommissarin sich zurechtgelegt hatte, besagte, dass Christel und Berg in die Einbruchsserie verwickelt waren. Sie vermutete weiter, dass die Beute, die sie zusammengetragen hatten, gut versteckt auf dem Hof lagerte.

»Und jetzt müssen sie sie wegschaffen«, murmelte Hilka. Ihre Stimme verklang im Getöse des Sturms. Es kostete sie Kraft, das Smartphone in der richtigen Position zu halten. Die Kälte wand sich langsam, aber beständig in ihre Muskeln. Die Hände zitterten wie Espenlaub.

Die Verschwörer lösten sich voneinander. Sie sprachen ein paar Worte. Der Landwirt ließ seinen Blick schweifen, als würde er die Umgebung belauern. Dann nickte er und führte Christel zum Stall. Beide verschwanden darin.

Regen setzte ein. Große Tropfen klatschten auf Hilkas durchgefrorenen Körper.

Ich muss näher heran. Wenn sie die Beute wegschaffen, brauche ich bessere Sicht.

Die Kommissarin stemmte sich langsam in die Höhe. Es fiel ihr schwer. Die Muskeln in den Beinen verkrampften sich. Sie verzerrte das Gesicht und zwang sich weiter.

Ohne Müdigkeit vorzuschieben, schlich sie voran. Wasser lief an ihr herab wie bei einem Wasserfall. Ein düsteres Donnern erfüllte den pechschwarzen Himmel. Über ihr flammten Blitze auf und hoben die Konturen der dahineilenden Wolkenberge aus der Finsternis.

Hilka blieb stehen und sah auf. Sie erstarrte mitten in der Bewegung.

Berg stand neben dem weißen Lieferwagen und starrte direkt in ihre Richtung. Nur für einen Atemzug, dann wandte er den Kopf zur anderen Seite.

Er hat mich nicht gesehen, dachte sie. Der Herzschlag beruhigte sich nur unbedeutend. *Es ist stockduster und deine Kleidung ist dunkel. Er hat mich nicht gesehen.*

Für ein oder zwei Sekunden war sie unschlüssig. War sie weit genug vom Hof entfernt? Hatten die beiden Blitze ihre Umrisse für Berg sichtbar werden lassen?

Wie es aussah, nicht, denn der Landwirt schwang sich in den Wagen und lenkte ihn direkt neben die geöffnete Schiebetür des Stalls. Behände sprang er wieder hinaus und lief zurück in das große Gebäude, in dem helle Beleuchtung brannte.

Hilka konnte von ihrer Position aus die Kühe erkennen. Das Vieh vermittelte längst keinen so entspannten Eindruck wie beim nachmittäglichen Besuch. Das zornige Dröhnen des Sturms in Verbindung mit Blitz und Donner schien den Tieren gehörig zuzusetzen. Sie stießen ihre massigen Leiber gegen das Gestänge der Boxen und muhten unablässig.

Hilka war keine Expertin für Rinder, aber dennoch hörte sie die Angst der eingesperrten Kreaturen. Der Umstand, dass das Tor weit offen stand, erschwerte es den Vierbeinern.

Die Kommissarin überwand die letzten Meter. Sie passierte die Zubringerstraße und erreichte die Wand des Hauptgebäudes. In deren Schutz schlich sie zur Ecke und kauerte sich hinter einer Regentonne nieder. Da Hilka eh schon vollkommen durchnässt war, störte sie sich nicht daran, dass ihr ständig Wasser aus dem Dachrinnenablauf ins Gesicht spritzte. Die Position war perfekt. Von hier aus konnte sie …

Christel Behrend trat ins Freie und zog die Aufmerksamkeit der Kommissarin auf sich. Das Licht aus dem Inneren des Stalls beleuchtete sie wie eine Madonnenerscheinung.

Da! Eine blitzschnelle Bewegung rechts von ihr lenkte den Blick zurück. Ein Huschen nur. Schritte, die über matschigen Untergrund platschten.

Hilka versuchte sich aufzurichten. Doch sie war zu langsam. Etwas traf sie seitlich am Kopf. Es war hart wie Stein. Ein irrsinniger Schmerz im Schädel. Die Welt kreiste um sie herum, als stünde sie auf einem schwankenden Karussell.

Blitze zuckten vor den Augen auf. Sie schrie, dann schleuderte die Wucht des Treffers sie hinter ihrer Deckung hervor und hämmerte sie regelrecht gegen den Boden. Es platschte laut, als sie aufprallte.

Schwärze wallte vor ihr auf. Dichter und düsterer als die Dunkelheit der tosenden Sturmnacht. Ein Blitz – diesmal ein wirklicher – fuhr vom Himmel herab, durchstieß die Lichtlosigkeit für einen winzigen Moment. Hilka erkannte Thomas Berg, der vor ihr aufragte wie ein menschgewordenes Gebirge.

Das Regenwasser lief ihm über das Gesicht und ein heimtückisches Grinsen breitete sich darin aus.

»Christel, du hattest recht, es ist diese Martens«, brüllte er. Seine Stimme klang merkwürdig verzerrt.

Hilka versank unter einer Welle aus abgrundtiefer Düsternis.

31. Kapitel

Alle Vorbereitungen waren getroffen worden. Mehr konnte Axel von zu Hause aus nicht tun.

Er hängte das Holster mit der Dienstwaffe in den Gürtel, schlüpfte in die wasserfesten Schnürstiefel und zog die Windjacke an.

Charlie Thaler reichte ihm ihren Autoschlüssel.

»Ist nicht so, dass ich dir meinen Wagen nicht gerne leihe, aber du brauchst dringend einen eigenen«, sagte sie. »Einen schnelleren.«

Letzteres fügte sie mit bekümmerter Miene hinzu. Sie machte sich um Hilka Martens Sorgen. Er hatte sie eingeweiht.

»Wenn sie in Not ist, hilf ihr da raus.«

»Versprochen.« Axel eilte zur Haustür.

»Ich könnte mich ganz schnell anziehen und mitkommen.«

Er blieb stehen, sandte ihr einen eisigen Blick und schüttelte den Kopf. Mehr brauchte es nicht.

Charlie gab widerstandslos nach. Auch ein Zeichen dafür, wie sehr der Kummer an ihr nagte.

Axel verließ das Haus, rannte durch das Tosen der Elemente und warf sich in den NSU.

»Ich hoffe, du lässt mich nicht hängen«, flehte er den Wagen an.

Die Gunst des Fahrzeugs war ihm sicher. Der Motor mahlte und sprang problemlos an.

Gang einlegen und Gas. Er hörte, wie der Kies wegspritzte. Im nächsten Moment fegte das treue Gefährt über die Zufahrt.

Der Resthof, seine alte und neue Heimat, blieb hinter ihm zurück. Er spürte, wie ihm die Sorge um die Kollegin die Kehle zuschnürte.

Gib es zu, mahnte er sich, *dir ist die Martens auch schon ans Herz gewachsen.*

32. Kapitel

Sie wurde über den Boden gezogen. Der Untergrund war nicht mehr nass und matschig, sondern trocken und von etwas Raschelndem bedeckt. Derjenige, der ihre Beine umfasst hielt, ließ sie achtlos fallen und fluchte.

»Dieses Miststück. Der Teufel soll sie holen. Jetzt müssen wir den Plan nochmal ändern.«

Hilkas Kopf war erfüllt von zuckendem Schmerz. Mit Mühe unterdrückte sie ein Stöhnen. Ihre Peiniger sollten nicht mitbekommen, dass sie das Bewusstsein wiedererlangt hatte.

Kräftige Hände öffneten ihre Jacke, tasteten ihren Körper ab.

Normalerweise würde ich jedem, der mich so anfasst, die Finger brechen. Es war mühsam, Gedanken zu fassen. Sie wirbelten wie Stechmücken in ihrem Schädel umher.

»Ah, hier ist ihre Kanone«, schnaufte Thomas Berg. Ja, so war sein Name.

Das Gedächtnis kommt langsam in Wallung.

Die Hände zerrten die Pistole aus dem Holster. Der Landwirt richtete sich schwer atmend auf. Obwohl er groß und kräftig war, hatte es ihn Mühe gekostet, sie in den Stall zu schaffen.

Ja, sie war im Stall. Sie hörte die Kühe und der Geruch war unverkennbar.

»Was machen wir denn nun?«, fragte Christel Behrend.

Hilka gab sich innerlich einen Pluspunkt, dass ihr der Name der Frau ebenfalls wieder eingefallen war.

Der Frau, die uns hereingelegt hat. Die Frau, die an der Ermordung ihres Vaters und ihres Ex-Freunds beteiligt war.

»Wir schaffen so viel wie möglich von dem Zeug weg. Hierbleiben können wir nicht. Ich habe Freunde, die uns helfen werden. Ich gebe Ruben und den Jungs in den nächsten Tagen Bescheid, wo sie uns und die Ware finden können. Wir müssen den Deal verlagern.«

»Aber die wollen doch die gesamte Beute«, gab Christel zu bedenken. Hilka hörte die Angst in den Worten. Vielleicht sogar Todesangst. »Mit einem Teil davon werden sie sich nicht zufriedengeben.«

»Das bekomme ich schon hin, Schatz«, antwortete Berg mit gepresster Stimme. »Vertrau mir. Ich kenne Ruben schon verdammt lange. Er ist nicht so verbohrt, dass er nicht einsieht, dass Dinge schieflaufen können. Er wird sich mit weniger zufriedengeben. Wir kriegen zwar nicht den vollen Preis, aber es wird genügen, um richtig unterzutauchen.«

»Wenn du meinst.«

Christel klingt nicht überzeugt. Sie macht sich Sorgen. Wahrscheinlich zu Recht.

»Aber wir müssen uns beeilen. Wir müssen die besten Stücke von der Beute einsacken. Darauf wird Ruben Wert legen.«

»Okay, dann los.«

Hilka hörte Schritte und in ihr keimte die Hoffnung, dass sich die beiden von ihr entfernten und sie so genügend Zeit erhielt, um zu Kräften zu kommen.

»Moment mal, wir sollten die Schlampe fesseln. Könnte ja sein, dass sie wieder zu sich kommt und uns dann Schwierigkeiten macht.«

Thomas Bergs leichthin gesprochenen Worte ließen Hilkas Erwartungen wie eine morsche Brücke in sich zusammenstürzen. Selbst wenn er erneut dicht an sie herantrat, war sie im Augenblick nicht in der Verfassung, ihn auszuschalten. Ihre Glieder lagen schwer wie Blei auf dem Boden. Jede Form von Gegenwehr, die sie gestartet hätte, wäre wie in Zeitlupe abgelaufen.

Dieses Mal tasteten schlanke Frauenhände über ihren Körper. Christel Behrends Finger glitten am Gürtel entlang und fanden die kleine Ledertasche mit den Handschellen.

»Hab sie«, sagte sie nur.

Hilka kam zu einem waghalsigen Entschluss. Sie hatte trotz der Kopfschmerzen verschiedene Möglichkeiten im Geiste durchgespielt. Wenn man sie fesselte, konnte sie sich niemals aus dieser Klemme befreien.

Ihr blieb nur, es zu wagen und alle Kraft in eine einzige Attacke zu legen. Vielleicht hatte sie Glück und war schnell genug, um zu entkommen. Obwohl ihr klar war, dass es nicht reichen würde. Aber kampflos aufzugeben kam nicht infrage.

Hilka versteifte sich, ließ ein schwaches Stöhnen vernehmen und runzelte die Stirn.

»Ich glaube, sie wird wach«, rief Christel ihrem Freund zu. Er stand etwas abseits.

Sehr gut!

»Dann beeil dich«, erklang die gereizte Antwort.

Hilka spürte, wie die Behrend sich über sie beugte und nach dem Fesselutensil griff.

Die Kommissarin spannte ihre Bauchmuskeln an, presste das Kinn gleichzeitig gegen die Brust und stieß den Oberkörper mit aller Kraft vor.

Ihre Stirn kollidierte mit Christels Nasenrücken. Ein ekelhaftes Knirschen erklang und sie spürte, wie der Knochen nachgab. Ein erstickter Schrei folgte.

Glühende Lava schoss Hilka durch den Schädel. Sie riss die Augen auf. Die Welt tanzte und drehte sich. Sie erkannte undeutlich, wie die Behrend rückwärts taumelte und sich die Hände vor das Gesicht hielt. Blut rann zwischen den Fingern hervor und fiel in großen Tropfen zu Boden.

Berg sprang vor. Er breitete dabei die Arme aus. Anscheinend um seine Freundin aufzufangen.

Hilka setzte nach. Obwohl die vielen umhertanzenden Bilder vor ihren Augen keine einheitliche Szene entstehen ließen, rammte sie den rechten Fuß vor. Punktgenau traf sie Christels Magengrube. Die angeschlagene Frau flog wie ein Fußball zurück und prallte gegen den Landwirt, der sie mit seiner Masse schlicht umriss.

Los jetzt, weg von hier, jagte es Hilka durch den pochenden Schädel.

Mühselig wälzte sie sich herum. Sie schien einige Zentner zugenommen zu haben. Schwärze legte sich vor ihre Augen und versuchte, sie in die Knie zu zwingen.

Als der undurchdringliche Vorhang sich wieder hob, stand sie schwankend auf den Beinen und taumelte in Richtung der Stalltür. Für sie bestand sie aus Puzzleteilen, die fortwährend umherwirbelten und sich nicht zu einer Einheit zusammensetzen ließen.

»Ich knall dich ab, Miststück«, erklang es zornerfüllt hinter ihr.

Hilka erstarrte mitten in der Bewegung. Dabei wanderte der Fußboden wie ein Laufband weiter. Sie wandte den Kopf, sah einen gestaucht wirkenden Thomas Berg, der ihre eigene Waffe auf sie gerichtet hielt und abdrückte.

Ein Klicken folgte.

Er hat vergessen durchzuladen und zu entsichern.

Erleichterung schoss wie ein Strom aus prickelnder Energie durch ihre Glieder.

Weiter, weiter ...

Begleitet vom Fluchen des Landwirts, den gedämpften Schreien seiner verletzten Freundin und dem durchdringenden Knacken, das entstand, wenn man eine Pistole durchlud, erreichte Hilka das Stalltor.

Wo die Kräfte sie schlagartig verließen.

Die Beine knickten weg. Sie kippte nach vorne wie eine Marionette, der man die Fäden durchgeschnitten hatte, und prallte hart auf den Untergrund. Die Luft wurde ihr aus den Lungen gepresst. Strohhalme wirbelten umher.

Aus dem Pochen in ihrem Kopf wurde ein rasender Schmerz, der sie beinahe in eine neue Bewusstlosigkeit stieß. Reglos blieb sie liegen. Unfähig, auch nur eines ihrer brennenden Glieder zu rühren.

Schritte hinter ihr. Ein heiseres Lachen.

»Warst ganz schön zäh, Kleine, aber jetzt reicht es. Ich geh kein Risiko mehr ein.«

Wieder die starken, schwieligen Hände an ihrem Körper. Dieses Mal drehte Berg sie auf den Rücken. Abermals erhob er sich vor ihr und wiederum war sie wehrlos. Unfähig, das abzuwenden, was kommen würde.

»Auf letzte Worte können wir wohl verzichten, was?«, ätzte er grinsend. Er stellte sich breitbeinig über sie, richtete das dunkle Auge der Waffenmündung auf sie und …

»WAFFE FALLENLASSEN, SOFORT!«

33. Kapitel

Axels Ruf übertönte das Heulen des Sturmwindes.

Berg sah auf und starrte ihn entgeistert an.

»Runter mit der Waffe, Berg«, setzte der Oberkommissar nach.

Etwas flackerte im Blick des hünenhaften Landwirts. Groot war sich sicher, dass es ein Anflug von Wahnsinn war. Geboren aus schierer Verzweiflung, denn alle Pläne, denen er bislang gefolgt war, und die, die er für die Zukunft ausgearbeitet hatte, drohten in diesem Augenblick zu zerbersten.

»Und was, wenn nicht? Ich brauche nur abzudrücken, dann …«

»… sind Sie eine Sekunde später tot, das garantiere ich Ihnen.«

Er will es wagen? Er will in dieser Situation pokern?

Wie Axel das Wunder vollbrachte, mit seiner Pistole unbeweglich auf sein Gegenüber zu zielen, blieb ihm selbst ein Rätsel. Aber Kimme und Korn lagen unverrückbar auf Bergs Brustkorb gerichtet.

»Ich meine es ernst. Wenn Sie schießen oder versuchen, die Waffe auf mich zu richten, jage ich Ihnen eine Kugel durch das Herz. Sie können nur verlieren.«

Die Augen des Hünen wanderten in rascher Folge von links nach rechts und wieder zurück. In seinem Kopf arbeitete es unaufhörlich. Dann, nach einer Ewigkeit, wie es schien, senkte sich der Waffenarm.

Berg schleuderte die Pistole hinter sich.

Axel atmete auf. Eine gewaltige Felslawine rutschte ihm über das Herz.

»Weise Entscheidung«, meinte er nur. Mit der linken Hand ergriff er die Handschellen.

»Treten Sie vor und drehen Sie mir Ihren Rücken zu«, befahl er. »Keine Zicken.«

Der Landwirt kam der Aufforderung nach, entfernte sich einige Schritte von Hilka Martens, die sich schwerfällig auf die Seite drehte. Eingetrocknetes Blut bedeckte spinnennetzartig ihre rechte Gesichtshälfte. Trotzdem schenkte sie Axel ein schmales Lächeln.

Er riss sich von ihrem Anblick los. Der gefährliche Mörder vor ihm erforderte alle Konzentration. Erst wenn die Handschellen angelegt waren, konnte er sich um die Kollegin kümmern.

In dem Augenblick jagte ein Blitz über den Himmel hinweg und tauchte die Szene in grelles Licht.

Axel blinzelte, was sein Gegenüber zu spüren schien, denn jäh schoss Bergs gewaltige Pranke vor, traf die Pistole und prellte sie Groot aus der Hand.

Dieser kam nicht dazu, zu reagieren. Der Hüne setzte mit der Rechten nach und hieb sie wuchtig gegen Axels Unterkiefer. Der schaffte es gerade noch, instinktiv den Kopf zur Seite zu drehen. Die Knöchel des Gegners streiften ihn. Trotzdem erschütterte ihn der Treffer im wahrsten Sinne des Wortes.

Groot taumelte rückwärts, nahm die Arme hoch und schuf so eine Deckung, in der sich die nächsten beiden Hiebe verfingen. Allerdings trieb ihn die ungestüme Kraft weiter zurück.

Ein Heumacher raste heran. Axel tauchte darunter hinweg und schoss selber zwei blitzschnelle Geraden gegen die Rippen und den Solarplexus des Kontrahenten.

Berg grunzte und zuckte zusammen. Er versuchte zu kontern.

Groot spielte seine Beweglichkeit voll aus. Er tänzelte zur Seite, entging einem wild geführten Hieb und ließ die Rechte als Aufwärtshaken in die Höhe schnellen.

Der Treffer gehörte in jedes Bilderbuch. Bergs Kopf wurde in den Nacken gerissen, die Zähne klackten laut aufeinander. Kraftlos sackte der massige Körper in sich zusammen. Er kippte um wie ein gefällter Baum.

Schwer atmend betrachtete Axel den bewusstlosen Gegner. »Das möchte ich wahrhaftig nicht jeden Tag machen«, schnaufte er und holte die Handschellen hervor.

»Mieses Bullenschwein.«

Er zuckte beim Klang der Frauenstimme zusammen. Sein Blick flirrte zum Stall.

Christel Behrend hatte die Worte ausgestoßen. Sie stand hochaufgerichtet im Schein der Stallbeleuchtung vor ihm. Der Ausdruck in ihren Augen ähnelte dem von Berg. Zorn und Wahnsinn mischten sich darin.

Sie richtete eine Pistole auf ihn.

»Nicht«, schrie Axel und hob in einer hilflosen Geste die Hände, als die Frau den Finger krümmte. Der Schuss peitschte auf … doch der Treffer blieb aus.

Hilka Martens hatte geschafft, sich aufzurappeln, Christel Behrends Handgelenk zu packen und es in die Höhe zu rammen. Die Kugel ging jaulend fehl.

Die Frau brüllte wie am Spieß und feuerte ein weiteres Mal. Das Geschoss jagte in den wolkenverhangenen Himmel.

Die Rechte der Kommissarin krachte gegen den Kinnwinkel der Gegnerin, die die Augen verdrehte. Ein zweiter Haken schickte sie zu Boden.

Hilka sackte auf die Knie nieder. Sie war bleich wie eine Untote, und das Blut an ihrer Schläfe ließ sie im Schein eines weiteren Blitzes schaurig aussehen.

Axel wäre am liebsten sofort zu ihr geeilt, doch zunächst setzte er seinen Vorsatz endlich in die Tat um. Die Handschellen schlossen sich um Bergs Handgelenke. Dasselbe passierte mit Christel Behrend.

Erschöpft sammelte der Oberkommissar die beiden Pistolen ein, ehe er sich neben der Kollegin niederließ.

»Eigentlich sollte ich sauer auf Sie sein«, sagte er. Ein zorniges Brennen lief durch den Unterkiefer und ließ ihn nuscheln.

»Aber?«, fragte Hilka Martens. Ihre Stimme war ebenfalls undeutlich.

»Nichts aber«, entgegnete er und versuchte ein Lächeln hinzubekommen.

Es wurde ein sehr müdes.

34. Kapitel

Eine Stunde später

»Da war etwas, was mich in der ganzen Zeit nach unserem ersten Besuch hier beschäftigt hat«, erklärte Axel Groot.

Neben ihm und Hilka Martens hatten sich Ludger Vogt, Rainer Dyssen und Dr. Willers im Stall zusammengefunden. Alle lauschten seinen Worten.

Die Kommissarin lag auf eine Trage gebettet. Zwei Sanitäter standen nahe dem Eingang und wirkten etwas unschlüssig. Sie warteten auf den Moment, in dem sie mit ihrer Patientin zum Krankenhaus aufbrechen durften.

Dr. Willers, die auf bislang ungeklärte Weise von der ganzen Aktion Wind bekommen hatte, war mit ihnen vor Ort erschienen und hatte Hilka untersucht.

»Platzwunde in der seitlichen Kopfschwarte und leichte Gehirnerschütterung«, hatte ihre Diagnose gelautet.

Sie hatte die Erlaubnis erteilt, Hilkas Abtransport noch etwas zu verzögern. Damit hatte sie deren Bitte entsprochen, um gemeinsam mit Groot die notwendigen Erklärungen für die zurückliegenden Geschehnisse zu liefern.

»Und was hat Sie beschäftigt?«, fragte die Gerichtsmedizinerin.

Der Oberkommissar lächelte. Allerdings nur kurz. Anscheinend fuhr ihm ein stechender Schmerz durch den Unterkiefer, der an der linken Seite dunkelblau angelaufen war.

»Ich habe mich gewundert, wieso der Stall mit so viel Stroh bedeckt war. Berg besitzt gerade mal vier Kühe«, antwortete er. »Der Misthaufen draußen ist auch nicht besonders hoch. Deshalb fragte ich mich, weshalb hier so viel davon herumliegen muss.«

»Vielleicht als Tarnung?«, meldete sich Dyssen zu Wort.

Groot nickte dem jungen Beamten zu.

»Nicht schlecht kombiniert«, lobte er. Er griff nach zwei gebogenen Gegenständen, die hinter ihm auf der Umrandung einer Stallbox lagen, und reichte einen davon an Rainer.

»Helfen Sie mir mal«, bat er.

Dyssen nahm das Werkzeug entgegen. Es war ein Ballenhaken. Er begutachtete ihn wie ein Stück außerirdischer Technologie.

»Was soll ich damit machen?«

Hilka amüsierte sich über die Ratlosigkeit des Polizeimeisters. Wenn ihr Schädel nicht zum Steinerweichen wehgetan hätte, hätte sie sich sogar zu einem herzhaften Lachen hinreißen lassen.

Groot antwortete nicht. Stattdessen beugte er sich vor, wischte Strohhalme beiseite und offenbarte so ein Loch im Boden, das schräg in die Tiefe führte. Er steckte die Spitze des Hakens hinein, was offenbar problemlos möglich war. Dann kippte er die Hand, ein kurzes Knirschen erklang und er ließ den Griff los.

Der sichtbare Teil des Geräts ragte nun senkrecht in die Höhe, als wüchse er wie eine Blume aus dem Untergrund empor.

»Berg, der, wie ich vermute, der führende Kopf der Diebesbande ist, hat sich diesen Hof nicht umsonst zugelegt. Irgendwie muss er davon erfahren haben, dass hier im siebzehnten Jahrhundert geschmuggelter Tee eingelagert wurde.«

Der Oberkommissar wies Dyssen mit einer Geste an, es ihm nachzumachen.

Die Kühe verfolgten das Geschehen aus großen Augen. So viel Betriebsamkeit schien ihnen fremd. Zumindest war der Sturm etwas abgeflaut und ihre Angst zum größten Teil verraucht. Lediglich eine gewisse Unruhe hielt sie weiter im Griff.

»Das Geheimversteck des damaligen Bauern blieb über die Jahre erhalten«, fuhr er fort. »Anscheinend haben die nachfolgenden Besitzer es weiterhin als Lager oder Versteck genutzt, das weiß ich nicht so genau.«

»Ich denke, es wird sich herausstellen, dass Berg die Informationen darüber in Behrends Archiv entdeckte«, erklärte Hilka. »Also als Besucher des ›Vereins zur Wahrung der historischen Wahrheit‹. Bei einer dieser Gelegenheiten traf er wahrscheinlich auf Christel und in weiterer Folge auch auf Harmsen.«

»Sind Sie sich da sicher?«, fragte Ludger Vogt.

»Nein, aber das werden wir sicher bald genauer erfahren«, antwortete Hilka. Das mörderische Pärchen war zum Verhör ins

Präsidium verfrachtet worden. »Ein bisschen Nachbearbeitung ist noch nötig.«

»Stimmt«, warf Axel Groot ein. »Da gibt es noch einige Unklarheiten zu erörtern, aber ich denke, das, was wir in dem Geheimversteck finden werden, dürfte zumindest für eine ausgiebige Haftstrafe ausreichen und in weiterer Folge zu Geständnissen führen.«

Dyssen hatte inzwischen seinen Haken in einem zweiten Bodenloch verankert.

»Packen Sie an und ziehen Sie kräftig«, forderte der Oberkommissar.

Beide Männer packten die Griffe und stemmten sich aus der gebeugten Haltung in die Höhe. Leises Stöhnen und Keuchen begleitete die Aktion, gefolgt von einem Ton, der Hilka durch Mark und Bein fuhr. Ein Kratzen von Stein auf Stein. Groot und Dyssen streckten sich. Eine quadratische Platte – etwa ein Meter mal ein Meter – hob sich vom Boden ab.

»Das Geheimversteck«, flüsterte Dr. Willers. Sie wirkte wie eine Kinobesucherin, die vom Geschehen auf der Leinwand total gebannt war.

Fehlt nur eine Tüte Popcorn in ihren Händen, dachte die Kommissarin belustigt und schüttelte den Kopf, was sich jäh rächte. Heftiger Schmerz zuckte durch den Schädel. *Lass gut sein, Mädchen.*

Groot und Dyssen traten zwei Schritte zur Seite und schoben die Platte dabei mit. Es war ihnen anzusehen, dass sie ein gehöriges Gewicht bewegten.

Die Öffnung lag frei.

»Da passt der Berg doch unmöglich rein«, sagte Vogt.

»Richtig«, antwortete Hilka. »Aber für Christel Behrend und Mike Harmsen langte es.«

Ihr Blick wanderte weiter zu Dyssen. »Oder für einen speziellen Polizeimeister.«

Der junge Kollege verstand sofort. Er setzte sich an den Rand der Öffnung und leuchtete mit einer Taschenlampe hinein.

»Scheint nicht tief zu sein«, erklärte er und schwang sich hinab.

Es blieb still, während alle Beteiligten wie gebannt auf das bloßgelegte Loch starrten. Jeder in seine eigenen Gedanken vertieft.

Dann streckte sich Dyssens Arm in die Höhe. In der Hand hielt er einen Beutel umklammert, den Groot ihm abnahm. Er öffnete ihn und holte funkelnden Schmuck heraus.

»Hier unten ist noch viel mehr«, erklang es gedämpft aus der Tiefe. »Es ist auch überraschend geräumig.«

»Berg baute mit Harmsen und der Behrend eine gut organisierte kleine Gruppe auf«, setzte Hilka den Bericht fort. »Die Männer gingen auf Beutezug und Christel half ihnen vor Ort, die Sachen im Versteck unterzubringen.«

Sie machte eine einladende Geste in Richtung ihres Chefs, damit er den Faden wieder aufnahm.

»Vieles von dem, was jetzt kommt, ist Spekulation, aber zum Teil durch Erkenntnisse gestützt. Das Bild wird sich in den nächsten Tagen bestimmt durch die Verhöre vervollständigen.«

Groot räusperte sich, ehe er weitersprach.

»Berg tat sich mit Harmsen zusammen. Dieser war mit Christel Behrend liiert. So ging es wahrscheinlich eine ganze Weile, ehe sie sich vom Chef der Bande angezogen fühlte und ihrem Lover den Laufpass gab. Das gefiel dem nicht. Er wurde zornig und bedrohte die beiden. Dadurch wurde er zur Gefahr und musste aus dem Weg geschafft werden.«

»Sie wollten Harmsen töten?«, stellte Dr. Willers eine Zwischenfrage.

»Ja, aber ganz so einfach war es nicht. Zwischenzeitlich wurde der alte Behrend auf den neuen Freund seiner Tochter und die Machenschaften aufmerksam. Er recherchierte intensiv in seinen eigenen Unterlagen und folgerte, dass irgendetwas Wertvolles im Schmugglerloch versteckt worden war. Vielleicht dachte er an Drogen, vielleicht auch an Diebesgut. Jedenfalls offenbarte er sich und wurde somit ebenfalls zur Gefahr für Berg und Christel.«

»Die beiden beschlossen, alles in einem Abwasch zu erledigen«, brachte Hilka sich wieder ins Spiel. »Harmsen wurde fortgeschickt. Oberkommissar Groot erklärte mir vorhin, dass der Erkennungsdienst entsprechende Daten aus Osnabrück geschickt hat. Er war in der Mordnacht nicht mal in der Nähe von Ostfriesland.«

»Er ließ sein Handy zurück, damit es keine verfolgbare Spur für die Polizei lieferte«, erklärte Groot. »Christel nahm es an sich, türkte die Datumsanzeige und schrieb über Harmsens E-Mail-Konto mehrere Drohnachrichten an ihren Vater.«

»Auf den ersten Blick geschickt eingefädelt, aber mittels einer simplen Metadaten-Überprüfung als Schwindel nachvollziehbar«, drang es aus dem Schmugglerloch. Dyssen hörte aufmerksam zu.

»Richtig«, bestätigte Groot. »Sie fuhr in die Wohnung ihres Vaters und druckte die Drohmails aus. Danach löschte sie die Originale aus dem Account. Wahrscheinlich in der Hoffnung, man könne den Schwindel so nicht aufdecken.«

»Womit sie falschlag«, rief Dyssen aus dem Untergrund.

»Sie platzierte die Ausdrucke in der Wohnung und lockte ihren Vater auf Bergs Anwesen. Vielleicht unter dem Vorwand einer Aussprache. Dieser erwartete sie und griff – wahrscheinlich nach einem Wortgefecht oder dergleichen – Behrend an.«

»Vielleicht war es auch Christel, die ihren Vater attackierte und verletzte. Das muss sich in den nächsten Tagen herausstellen«, warf Hilka ein. »Auf jeden Fall kam es zu einem Kampf. Dabei erhielt Berg ein Veilchen.«

»Pfft, von wegen ein Kuhschwanz hat ihn getroffen.«

Die Kommissarin ging nicht näher auf die Bemerkung ihres Chefs ein. Sie fuhr mit ruhiger Stimme fort. »Behrend gelang es wohl noch, ins Freie zu fliehen, doch Berg erwischte ihn trotzdem. Wahrscheinlich auf dem Deich. Behrend stürzte ins Meer und wurde am nächsten Tag in der Nähe von Hagermarsch angeschwemmt.«

Stille legte sich über die Anwesenden.

Groot zog einen der Ballenhaken aus der Bodenplatte.

»Ich nehme an, dass Dr. Willers feststellen wird, dass Behrend mit so etwas verletzt wurde«, beendete er das Schweigen. »Christel und Berg brachten einen Teil der Beute in Harmsens Wohnung, um den Tatverdacht auf ihn zu lenken. Er kehrte inzwischen nichtsahnend aus Osnabrück zurück und wurde von den Kollegen verfolgt. Nur durch unglückliche Umstände konnte er ihnen entkommen. Er ahnte, dass etwas nicht stimmte. Vielleicht erfuhr er sogar, dass man ihm einen Mord in die Schuhe schieben wollte, und stellte deshalb Christel Behrend zur Rede.«

»Wo ich ihm dazwischenkam«, sagte Hilka. »Er floh erneut, diesmal zu Berg, um ihn zur Rede zu stellen oder sich von ihm helfen zu lassen. Der verleitete ihn irgendwie dazu, sich volllaufen zu lassen. Oder Harmsen tat dies unter Zwang. Auch das muss noch geklärt werden.«

»Am Ende war er abgefüllt und unter Drogen gesetzt, sodass die beiden seinen Selbstmord inszenieren konnten«, sagte Dr. Willers. »Sehr raffiniert.«

»Aber nicht raffiniert genug«, stellte Groot klar. »Sie vergaßen, dass Harmsen Linkshänder war, wussten nichts von seiner Handgelenkverletzung und hinterließen eine kleine Quetschung am Daumengelenk, die er sich niemals alleine hätte zuziehen können. Es wurde schnell offensichtlich, dass Mike keinen Selbstmord begangen hat.«

»Aber irgendwann wäre die Sache doch trotzdem aufgeflogen«, erklärte die Gerichtsmedizinerin. »Sie konnten nie und nimmer darauf hoffen, dass ihre Taten unentdeckt blieben.«

»Das war auch nicht ihr Plan«, antwortete Hilka. »Sie wollten nur Zeit überbrücken, um mit Bergs Abnehmer zusammenzukommen. Das habe ich mitbekommen, nachdem Berg mich niedergeschlagen hat.«

Sie atmete tief durch. »Wenn der Deal geklappt hätte, wären sie mit gefälschten Papieren und ausreichend Barschaft verschwunden.«

Hilka verzog das Gesicht. Die Kopfschmerzen strahlten wieder stärker durch den Schädel.

»So, das reicht erstmal«, sagte Dr. Willers streng. »Sie müssen jetzt ins Krankenhaus.«

Die Sanitäter traten vor, nahmen die Trage auf und brachten sie nach draußen.

Axel Groot begleitete sie, während Ludger Vogt und Dr. Willers Dyssen aus dem Versteck hochhalfen.

Auf dem Grundstück wuselten Kollegen umher. Sie waren dabei, den Hof komplett zu durchsuchen. Okka verließ soeben das Hauptgebäude. Sie lächelte schmal und hielt ihnen den hochgestreckten Daumen entgegen.

»Da scheint jemand mit unserer Arbeit zufrieden zu sein«, mutmaßte Hilka und kicherte.

Nicht gut, das tut weh.

»Das bin ich auch«, meinte Groot. »Auch wenn ich meinen Vortrag über Alleingänge demnächst nochmal wiederholen muss.«

»Gerne, aber bitte nicht heute.«

»Keine Sorge, Frau Kollegin. Ich bin gnädig und geduldig.«

»Schön zu wissen, Chef. Schön zu wissen.«

Sie erreichten den Rettungswagen. Die Sanitäter schoben die Trage schnell und routiniert ins Innere.

Ein kurzer, kräftiger Windstoß fuhr über den Deich hinweg. Kein Vergleich zu dem Sturm, der vor einigen Stunden getobt hatte. Er ließ sofort wieder nach, so als wäre er ein Zeichen dafür, dass neben dem Unwetter auch das Drama um Gier, Liebe und Tod ein Ende gefunden hatte.

»Eine Sache noch, bevor wir aufbrechen«, rief die Kommissarin, ehe die hintere Tür geschlossen wurde. »Wissen Sie, was ich mir wünsche?«

Der Oberkommissar rollte mit den Augen. »Nein, was denn?«

Hilka grinste. »Dass unsere Zusammenarbeit so aufregend bleibt wie in den letzten Tagen. Dann wäre die Versetzung nach Ostfriesland nämlich nicht so schlimm.«

»Vorsicht, Frau Kollegin«, warnte Groot. »Wünsche haben manchmal die gefährliche Eigenschaft, in Erfüllung zu gehen.«

- ENDE -

Ostfrieslandkrimi-Empfehlungen des Klarant Verlages

Kennen Sie schon die beliebte Ostfrieslandkrimi-Serie **»Witte und Fedder ermitteln« von Sina Jorritsma?**

Die Kommissarin Antje Fedder ist ein waschechtes Juister Inselkind. Sie kennt ihr Heimat-Eiland wie ihre Westentasche. Als zurückhaltende Norddeutsche hat sie manchmal Probleme mit der charmanten und unbeschwerten Art ihres Kollegen Roland Witte, der heimlich in sie verliebt ist. Oder vielleicht doch nicht? Diese Frage muss zunächst unbeantwortet bleiben, denn die beiden Polizisten lösen auf der kleinen Insel auch die kniffligsten Krimirätsel. Auch Antjes Vater Tjark Fedder steht ihnen mit Rat und Tat zur Seite, denn der Gastwirt schnappt viele Informationen auf. Nur die übereifrige Bürgermeisterin Silke Meester erschwert den Ermittlern oft die Arbeit.

In der Serie sind bereits folgende Ostfrieslandkrimis erschienen:

»Juister Herzen«, Band 1
Taschenbuch-ISBN: 978-3-95573-911-9
eBook-ISBN: 978-3-95573-912-6

Ein mysteriöser Todesfall versetzt die ostfriesische Insel Juist in Aufruhr. Im Bett einer Ferienwohnung liegt die Leiche einer jungen Frau. Doch weder sind äußere Verletzungen erkennbar, noch wohnte Diana Schröder in der Unterkunft, in der sie allem Anschein nach starb. Die Inselkommissare Antje Fedder und Roland Witte nehmen die Ermittlungen auf, und schnell finden sie heraus: Die Ferienwohnung wird von einer Selbsthilfegruppe gemietet, deren Mitglieder ihre große Liebe verloren haben. Juister Herzen nennt sich die Veranstaltung auf der idyllischen Nordseeinsel, die helfen soll, verletzte Seelen wieder zu heilen. Aber wie kam Diana überhaupt in dieses Bett? Und weshalb trug sie eine Pistole bei sich? Ins Visier der Ermittlungen gerät

Clemens Vogt, der Leiter der Selbsthilfegruppe. Die Inselkommissare bezweifeln seine guten Absichten und stoßen schließlich doch auf eine überraschende Verbindung zwischen den Juister Herzen und der Toten ...

»Juister Düfte«, Band 2
Taschenbuch-ISBN: 978-3-95573-957-7
eBook-ISBN: 978-3-95573-958-4

»Juister Reiter«, Band 3
Taschenbuch-ISBN: 978-3-96586-027-8
eBook-ISBN: 978-3-96586-028-5

»Juister Taucher«, Band 4
Taschenbuch-ISBN: 978-3-96586-088-9
eBook-ISBN: 978-3-96586-089-6

»Juister Düne«, Band 5
Taschenbuch-ISBN: 978-3-96586-126-8
eBook-ISBN: 978-3-96586-127-5

»Juister Hochzeit«, Band 6
Taschenbuch-ISBN: 978-3-96586-176-3
eBook-ISBN: 978-3-96586-177-0

»Juister Lüge«, Band 7
Taschenbuch-ISBN: 978-3-96586-217-3
eBook-ISBN: 978-3-96586-218-0

»Juister Perlen«, Band 8
Taschenbuch-ISBN: 978-3-96586-267-8
eBook-ISBN: 978-3-96586-268-5